書下ろし

白菊の声

風烈廻り与力・青柳剣一郎㊿

杉健治

祥伝社文庫

目次

浅草橋場
山谷堀
浅草
不忍池
湯島
吾妻橋
駿河台
神田川
回向院
横川
両国橋
隅田川
竪川
新大橋
小名木川
南町奉行所
楓川
八丁堀
霊岸島
仙台堀
永代橋
数寄屋橋御門
鉄砲洲稲荷
北
西
東
南
「白菊の声」の舞台

下谷・神田界隈
不忍池
下谷広小路
浅草元鳥越町
三味線堀
鳥越神社
和泉橋
新シ橋
浅草御門
茅町
柳原通り
昌平橋
筋違橋
神田岩本町
道具屋『万物屋』
小伝馬町
柳橋
両国広小路
米沢町
神田多町
馬喰町
江戸城
牢屋敷
大伝馬町
木綿問屋『伊勢屋』
浜町堀
薬研堀
料理屋『名月』
高砂町
小網町
日本橋

第一章　無実の叫び

一

夜風が冷たい。与吉は神田岩本町の通りを足早になって道具屋『万物屋』へと向かった。そろそろ約束の五つ（午後八時）になる。通りの両側に並んでいる小商いの店はどこも大戸を閉めていた。

人通りは絶えているはずなのに物音がしたので目を向けると、野良犬が横切っただけだった。やがて、『万物屋』の前に着いた。

大戸の脇の潜り戸から中に入る。

「ごめんください」

声をかけるが、返事はない。

与吉はもう一度声をかけた。奉公人も出てこない。与吉は妙な胸騒ぎがし、座敷に上がった。

奥に行くと、居間から行灯の灯りが漏れていた。

「旦那、与吉です」

与吉は呼びかけながら居間の襖を開けた。次の瞬間、与吉は息を呑んだ。長火鉢の横に主の勘蔵が仰向けに倒れていた。

あわてて駆け寄り、

「旦那、しっかりしてください」

と、与吉は勘蔵を抱き起こした。腕がだらりと畳に落ちる。

「旦那、勘蔵さん」

もう一度呼びかけたが、返事はない。勘蔵はすでに息をしていなかった。

心ノ臓が縮み上がった。うろたえながら勘蔵の体を横たえて立ち上がった。自身番に知らせなければと、居間を出て、潜り戸から外に飛び出した。

そのとたん、誰かとぶつかりそうになった。

「なにをしたんだ？」

いきなり、職人ふうの男が咎めるように叫んだ。

「えっ」

与吉は男の言葉に驚いた。そして、月明かりに照らされた手や着物に血がべったりとついているのに気がついた。

「ひと殺しだ」

男が鋭い声で叫んだ。

「俺じゃねえ」

我を失い、与吉は夢中で駆けだした。やみくもに走って、気づけば浜町堀にやってきていた。堀に近付き、川の水で血を洗った。錆びた金物のような臭いが染みついている。一心不乱に何度も何度も洗った。

皓々たる月影が与吉の姿を浮かび上がらせていた。

二

南町奉行所詮議所のお白洲の砂利が、秋の柔らかい陽射しを受けて白く輝いている。

詮議所の座敷中央に厳めしい顔で座っているのは、吟味方与力の橋尾左門だった。中年を過ぎ、肥えがちの左門だったが、かえって風格が出ている。

左門の左手に立会い与力、右手には小机を前に書役同心がおり、縁側に近い場所に青柳剣之助は座っていた。

やがて、下男に縄尻をとられた男が連れられてきて、お白洲に敷かれた莚の上に座らされた。小伝馬町の牢屋敷から詮議のために呼び出されたのである。

色白の端整な顔だちだ。二十五、六歳で、剣之助よりいくつか年上に見える。両脇には棒を持った蹲い同心が控えている。

左門がおもむろに口を開いた。

「日本橋高砂町 十郎兵衛店の指物師、与吉に間違いないな」

「はい」

与吉は喉に何かが詰まったような声を出した。

「年は？」

「二十六でございます」

橋尾左門は、父である風烈廻り与力青柳剣一郎の竹馬の友であり、剣之助は幼少の頃から可愛がってもらった。屋敷に遊びに来る左門はにこやかな顔で冗談を言い、いつも剣之助や妹のるいを笑わせていた。しかし、奉行所で会う左門はまったくの別人だった。毅然とした態度を崩さず、堅苦しささえ感じさせる。

剣之助は吟味方与力の見習いになってより、常に橋尾左門の詮議に加わっていた。ときには相手をなだめ、ときには怒り、また涙を流す。真心ある吟味で、左門は多くの罪人に自らの罪を白状させていた。

捕縛され、牢屋敷に送られた者の取り調べのほとんどは吟味方与力が行ない、口書に爪印まで済ませる。町奉行の取り調べは、その口書爪印した調書をもとに最後の確認をするだけなのである。

そんな吟味方与力としての左門の力量を、剣之助はいつも目の当たりにしていた。

いよいよ、左門は事件について触れた。

「そなたは、八月十七日に神田岩本町の道具屋『万物屋』の主人勘蔵を殺害した疑いで捕縛されたのであるが、何か申し開きがあるか」

剣之助は与吉の青ざめた顔を見つめる。

「あっしではございません。あっしはやっていません」

与吉は泣きそうな声で訴えた。

「殺していないというのか」

左門が訊ねる。

「はい。あっしが訪ねたとき、すでに勘蔵さんは死んでいたのです」

「なぜ、そこに行った？」

「『伊勢屋(いせや)』さんの番頭さんに勘蔵さんの家に行くように言われていたので」

「『伊勢屋』は大伝馬町(おおてんまちょう)にある木綿(もめん)問屋であるな。いつ、『伊勢屋』の番頭がそのようなことを言ったのだ？」

「『伊勢屋』さんに仕上げた小箱を届けたとき、番頭さんが近寄ってきて、さっき道具屋の勘蔵さんがやってきたが、帰りしな、もしあっしが顔を出したら、勘蔵さんが店に来てくれと言っていたと……」

「なぜ、番頭がそのようなことをそなたに言ったのだ？」

「わかりません」

与吉は首を横に振る。

「勘蔵とはどういう間柄だ？」

「古い箪笥(たんす)などの修繕を頼まれていました」

「勘蔵も『伊勢屋』に出入りをしていたのだな」

「はい。何度か、『伊勢屋』さんで会ったことがあります」

「その言伝(ことづて)があって、五つごろに勘蔵のところに行ったのだな」

「はい」

「そして、勘蔵が死んでいるのを見つけた？」

「はい。血だらけで倒れていました」

「そなたの手や着物に血がついていたということだが？」

「夢中で勘蔵さんを抱え起こそうとしたとき、血がついたんだと思います。あっしはやっていません」

与吉は左門を真っ直ぐ見つめた。

「そなたの長屋の流しの下から血のついた包丁が見つかっている」

「知りません。誰かが隠したのです」

「誰が隠すのだ？」

「わかりません」

左門はしばらく与吉を見つめてから同心に声をかけた。

「番頭をこれへ」

やがて、三十過ぎの男がやってきて、与吉から少し離れた莚の上に腰を下ろした。

「木綿問屋『伊勢屋』の番頭孝太郎（こうたろう）であるか」

「はい。さようにございます」

「ここにいる者を知っておるか」

「はい。指物師の与吉さんです」

「どういう関係だ?」

「はい。『伊勢屋』に出入りをしております職人です」

「八月十七日、与吉に勘蔵の家に行くように伝えたか」

「はい。たまたま顔を出した勘蔵さんに、与吉さんと大事な話があるので五つに来るように頼んでくれないかと言われました」

孝太郎は緊張した面持ちで答える。

「それは八月十七日の何時ごろだ?」

「昼過ぎ頃だったでしょうか……」

「それでは、勘蔵の言う大事な話に何か心当たりはあるか?」

左門がさらに訊ねる。

「いえ。何か商いの上でのことだろうと。仕事の不始末でもあったのかと思いました」

「あいわかった。ご苦労であった」

左門は孝太郎を下がらせ、次の証人を呼んだ。

長身の三十歳ぐらいの顔の長い男が、番頭孝太郎の座っていた場所に腰を下ろした。

「神田岩本町花右衛門店の大工銀助であるか」

左門がきいた。

「はい。銀助でございます」

「そこにいる者を知っているか」

「はい、忘れもしません」

「いつ、どこでだ？」

「八月十七日の夜でございます。その夜、建て前があって五つごろに神田岩本町に帰ってきました。そしたら道具屋『万物屋』から男が飛び出してきたのです。危うくぶつかりそうになりました」

与吉は下男に体を押さえつけられながら銀助を睨みつけた。

「建て前の帰りだとしたら、酒が入っていたな」

「はい」

「酔っていたのではないか」

「いいえ、ほろ酔い程度です。顔はわかります」

「で、そなたは何を見たのだ？」

「『万物屋』の潜り戸が開けっ放しで、飛び出してきた男はかなりあわてた様子で……。なにをしたんだと叫んだら、男はそのまま逃げて行きました。気になって、潜り戸を入り、声をかけたんです。返事がありません。胸騒ぎがして奥に行ってみると男のひとが血だらけで……」

「勘蔵が死んでいたのだな」

「はい。それですぐ自身番に駆けつけました」

同心植村京之進の記録によると、勘蔵は奥の居間の長火鉢の横で仰向けに倒れていた。首筋の切り傷に加えて、腹部にも十数ヶ所の刺し傷があった。強い怨恨を感じさせる。

与吉が『万物屋』から飛び出す少し前に隣家の主人夫婦が悲鳴のような声を聞いていた。金目のものが奪われたあとはなく、状況から顔見知りの仕業だとわかった。

続いて、お駒という女が莚の上に腰を下ろした。二十二、三歳。目鼻だちがくっきりしながら、どこか崩れた色気があった。

「薬研堀の料理屋『名月』の女中お駒であるか」

「はい、駒にございます」

「『万物屋』の勘蔵を知っているか」

「はい、知っています」

「どういう関係だ？」

「『名月』にやってきたとき、いつも私がお相手をしていました」

「勘蔵はそなたを気に入っていたのか」

「はい。……でも、女としてではありません。私が亡くなった妹に似ているからと仰っていました、それに」

お駒は淀みなく続けた。

「『万物屋』の旦那には、他に気に入っているひとがいるみたいでした」

「誰だ？」

「おくみという娘さんです」

「そなたはおくみに会ったことはあるのか」

「いえ、『万物屋』の旦那から聞いていただけです。旦那は何年か前におかみさんを病気で亡くしているので、おくみを後添いに……」

「嘘だ」

与吉が叫んだ。

「与吉、控えよ」

お駒はちらりと与吉に目をやった。

「勘蔵が、おくみを後添いにしたいと言っていたのは間違いないか」

「ほんとうです。おくみは貧しい娘だから金でどうにかなるだろうと言ってました」

「いい加減なことを言うな」

与吉が暴(あば)れた。下男が押さえつける。

お駒は冷たい目で与吉を見つめた。

「与吉、そなたの言い分はあとできく」

左門はたしなめてから、改めてお駒にきいた。

「勘蔵だが、金回りはよかったのか」

「ええ、いい得意先を摑(つか)んでいるようで、かなり金を持っているようでした」

「なぜ、勘蔵は殺されたと思うか」

「おくみって娘さんには許婚(いいなずけ)がいたっていうから」

そう言い、お駒はまた与吉にちらっと目をやり、

「『万物屋』の旦那のやり方が許せなかったんでしょう。私は同情してしまいます」

と、気の毒そうな表情を浮かべる。

よく喋る女だと、剣之助は思った。

お駒が下がると、与吉が口を開いた。

「今の女が言ったことはでたらめです。道具屋の勘蔵さんがおくみを後添いにしようとしていたなんてことはありません」

「なぜ、お駒が嘘をつくのだ？」

左門はきく。

「わかりません。でも、大工も女中も嘘をついています。よってたかってあっしに罪を……」

与吉は泣き声になった。

「与吉。おくみという娘はそなたの許嫁か」

「そうです」

「勘蔵はおくみを知っていたのか」

「知っていました。あっしらが所帯を持つこともちろん知っていたはずです」

「よし。そのおくみを呼んである」

「えっ」

与吉は目を見開いた。

年若い女が入ってきた。小作りの美しい顔だちをしていた。二十歳ぐらいだろうか、さわやかな印象の娘だ。

与吉がおくみを見た。おくみは与吉に駆け寄ろうとして、同心に止められた。

「日本橋高砂町十郎兵衛店、鋳掛け屋留吉の娘おくみであるな」

「はい」

「そこにいる与吉を知っているか」

「はい。将来を誓った許婚でございます」

「与吉の前で話すのは辛かろうが、ほんとうのことを述べるのだ。よいな」

「はい」

「『万物屋』の勘蔵を知っているか」

「はい」

「勘蔵をどうして知っているのだ？」

「与吉さんに仕事を紹介してくれていたので」

「勘蔵はそなたたちが許婚同士であることを知っていたのか」

「知っていました」

「おくみ。正直に答えるのだ。勘蔵とふたりきりになったことはあるか」

「ふたりきり？　はい、あります」

「どういうときだ？」

「仕立物を届けに外出したとき、たまたま行き合って声をかけられました」

「なんと声をかけられたのだ？」

「…………」

「どうした？」

「おいしい鰻屋があるから一緒に行かないかと」

与吉が目を剝いて口をわななかせた。

「行ったのか」

「行きません」

「なぜだ？」

「薄気味悪かったのです。いつも私をなめまわすように見るし……。簪を買ってやるから付き合ってくれとか」

「つまり、そなたをくどこうとしていたのか」

「そうかもしれません」

「そのことを、与吉に話したか」

「いえ。与吉さんがお世話になっているひとですから……」

「迷惑だったのではないか」

「でも、気づかぬふりをしていれば、それ以上しつこくはしてきませんでしたから」

「勘蔵が殺されたと知ってどう思った？」

「ただ、驚いただけです」

「与吉がやったのではないかと思わなかったか」

「与吉さんは、そんなことを出来るひとではありませんから」

「勘蔵がそなたに言い寄ってくることを与吉に話さなかったのはなぜだ？」

「さっきも申しましたように、与吉さんがお世話になっているひとですから、仲違いしてはと……」

「勘蔵がくどいていると知ったら、かっとなってなにをするかわからないと思っていたからではないか」

「違います、与吉さんはそんなひとではありません」

「あいわかった。おくみ、ご苦労であった。下がってよい」

「与吉さんはひと殺しなどしません。お願いです。信じてください」

おくみが悲鳴のような声で訴えた。

同心に連れられ、おくみはお白洲を出て行った。与吉が泣きそうな顔で見送っている。

「さて、与吉」

左門が呼びかけた。

「今のおくみの話を聞いたな。勘蔵はやはりおくみに言い寄っていたそうだ」

「………」

与吉は口をわななかせた。

「そなたは勘蔵がおくみに色目を使っていたことを知っていたのではないか」

「いえ、知りません」

与吉は叫ぶように言う。

「勘蔵の態度から気づかなかったのか」

「はい。あっしにはそんな様子はまったく見せませんでした」

「仮に知っていたら、そなたは勘蔵に対してどう出た？」

「………」

「平気でいられたか」

「いえ」

与吉は首を横に振った。

「文句を言ったか」

「わかりません」

与吉は消え入りそうな声で答える。

勘蔵がおくみに言い寄っていたことは事実のようだ。料理屋の女中お駒の話を、おくみ本人が認めているのだ。

本人は知らないと言い張っているが、与吉には勘蔵を殺す動機があったことになる。お白洲に登場した三人の証人の訴えから、与吉が下手人である疑いはますます強くなったと、剣之助はおくみを哀れみながら思った。

「本日の調べはこれまで」

左門が告げた。

「お願いです。あっしはやってないんです」

与吉は身を乗り出して訴えたが、下男に縄尻をとられたまま仮牢に連れ戻されていった。

三

朝からの強風の中、剣一郎は同心の礒島源太郎と大信田新吾とともに町廻りに出ていた。

風が強いといつもは砂塵が巻き上がるのだが、昨日までの長雨で水を吸った大地はまだ乾ききっておらず、砂ぼこりに悩まされることはなかった。

昼過ぎになって風も治まってきたので、剣一郎は見廻りを続ける源太郎と新吾に別れ、奉行所に向かった。

数寄屋橋御門を抜けたとき、ふいに目の前に年若い娘が現われた。二十歳頃だろうか、小作りの美しい顔だちだが、思い詰めた目をしていた。

「風烈廻り与力の青柳さまとお見受けいたします。日本橋高砂町十郎兵衛店に住む鋳掛け屋留吉の娘くみにございます」

そう言い、いきなりおくみは跪いた。

「お願いでございます。与吉さんは殺っていません。与吉さんを助けてくださ い」

「与吉？」

剣一郎はきき返したが、

「ともかく、立つのだ」

と、おくみを促す。

「与吉さんが罪人になってしまいます……お引き受けくださいますまで、このままでおります」

「その与吉は何をしたというのだ？」

「神田岩本町の道具屋『万物屋』の勘蔵さんを殺したとして捕まりました。でも、嘘です。与吉さんはやっていません」

「与吉が無実だという証はあるのか」

「与吉さんはやさしいひとです。ひとを殺すなんてありえません。それが証です」

「もっとはっきりしたものはないのか」

「……………」

「ないのだな」

「はい。でも、私にはわかっています。無実なんです」

おくみは顔を上げて訴える。やや目がつり上がり、険(けわ)しい表情だ。

「そなたと与吉はどのような間柄だ？」

「許嫁です」

「そうか。事情はわかったが、取り調べは吟味方の仕事だ。わしには口をはさむことは出来ない。ただ、しっかり吟味するようには伝えることは出来る」

「青柳さまは正義のおひとで、弱い者の味方と聞いております。ことに無実の者を罪人に落としてはならないと常々(つねづね)仰っているそうではありませんか。また、青柳さまならどんな難事件でも解決することが出来ると……」

「誰から聞いたかわからぬが、買いかぶりだ……。ともかく、与吉の件を調べてみよう。しかし、そなたの満足行くことになるかは確約出来ぬ」

「青柳さまが引き受けてさえくだされば」

おくみは安堵(あんど)したような顔になった。

「さあ、立ち上がるがよい」

「はい」

ようやく、おくみは腰を上げた。膝についた埃を払おうともせず、

「では、よろしくお願いいたします」

と何度も頭を下げ、数寄屋橋を渡って行った。

南町奉行所は今月の月番で、門は開いている。だか、剣一郎たちは脇の潜り戸を使う。

潜り戸を入ろうとしたとき、門番が声をかけてきた。

「最前、青柳さまに会わせろと、若い女がここで騒いでおりました」

「おくみという娘だな」

「はい。お会いになりましたか。なんだか、目つきがおかしかったような気がして心配になりました」

「大事ない」

そう言い、剣一郎は潜り戸を入って玄関に向かった。

与力部屋に落ち着くや否や、見習い与力が近寄ってきて、

「宇野さまがお呼びにございます」

と、伝えた。

「わかった。すぐ行く」

剣一郎は立ち上がった。

年番方与力の部屋に行くと、文机に向かっていた宇野清左衛門が気づいて振り返った。

「宇野さま。お呼びでございましょうか」

「長谷川どのがお呼びなのだ」

清左衛門は渋い顔で言う。

内与力の長谷川四郎兵衛のことだ。

清左衛門といっしょに内与力の用部屋の隣にある部屋に行くと、すぐに長谷川四郎兵衛がやってきた。

「ごくろう」

剣一郎は低頭して迎えたが、四郎兵衛は軽く会釈をしただけだ。

内与力の長谷川四郎兵衛はもともと奉行所の与力ではなく、お奉行が赴任と同時に連れて来た自分の家臣である。お奉行の威光を笠に着て、態度も大きい。ことに、剣一郎を目の敵にしている。

ところが、妙なことに伜である剣之助のほうは評価をしているのだ。

四郎兵衛も、奉行所一番の実力者である清左衛門には気をつかっている。清左衛門は金銭面も含めて奉行所全般を取り仕切っている。清左衛門にへそを曲げられたら、お奉行とて何も仕事が出来ない。

「長谷川どの、ご用件を伺(うかが)いましょう」

清左衛門が促す。

「されば……」

四郎兵衛はおもむろに切りだす。

「さきほど下城されたお奉行が勘定(かんじょう)奉行の大庭伊予守(おおばいよのかみ)さまから頼まれたのだが……」

そこまで言って、四郎兵衛は言い淀んだ。

「いかがいたしました？」

「うむ。じつは伊予守さまの奥方が谷中(やなか)の菩提寺(ぼだいじ)に墓参の折り、大事な簪を落としてしまったそうなのだ」

「簪を落とした？　それが？」

少しむっとしたように清左衛門がきき返す。

四郎兵衛も困惑したように、

「その簪を拾ったものはどこぞに売り飛ばすかもしれぬ。それを取り返して欲しいと」

「お待ちくだされ。要するに簪を探せということか」

「まあ、そういうことだ」

「それを青柳どのにやらせると？　冗談でござろう。失せ物探しを青柳どのにやらせようとは。それは長谷川どのの考えか？　青柳どのへのいやがらせか」

清左衛門は声を荒らげた。

「わしではない」

「では、お奉行が？」

「違う、伊予守さまだ」

「伊予守さまが青柳どのに探して欲しいと？」

「そうだ」

「なぜ、私に？」

剣一郎は疑問を口にした。

「わからん。お奉行も不審に思ったそうだが、伊予守さまの頼みであれば引き受けざるをえなかったのだ」

「だからといって、簪探しを青柳どのにやらせるなどと」

「宇野さま」

剣一郎は口をはさんだ。

「お引き受けいたしましょう」

「なに、簪探しをするというのか」

「ほんとうに簪探しかどうか」

剣一郎はふたりの顔を交互に見て言う。

「それは口実で、私に何か別の頼みがあるのかもしれません」

「別の頼み？」

四郎兵衛がきいた。

「簪のことは私を呼び出す口実かと」

剣一郎はそう考えた。いや、そうとしか考えられない。大庭伊予守に会ったところで、別の内密な依頼を受けるかもしれない。お奉行もそのことに気づいたから引き受けたのではないか。

「なるほど、そういうわけか。しかし、なぜ、そんなまどろっこしい真似をしたのであろうか」

清左衛門は首をひねった。

「やはり、秘密にしたい何かがあるのだろう。だが、そのようなことはどうでもいい。では、青柳どの、引き受けてもらえるのだな」

四郎兵衛はほっとしたようにきく。

「承知しました」

「では、明日にでも伊予守さまのお屋敷を訪ねてもらいたい」

そう言い、四郎兵衛は立ち上がり、部屋を出て行った。

「まったく勝手なお方だ」

清左衛門はため息をつきながら腰を上げた。

清左衛門とともに年番方与力の部屋に行き、剣一郎は口を開いた。

「宇野さま。じつは最前、おくみなる娘が私の前に跪き、許婚の与吉の事件をもう一度調べてくれと訴え出てきました」

剣一郎はそのときの様子を話し、

「真摯な訴えが気になります。万が一、無実の者を裁いたとすれば取り返しがつきません」

と、口にした。

「無実の見込みがあるのか」

「わかりません。定町廻(じょうまちまわ)りにしても、確たる証があって捕まえたに違いありません。それが無実なのだとしたら、考えを誤らせる何かがあったのでしょう。その何かを見つけ出せるかどうかわかりませんが、少し調べてみたいのです」

「青柳どのがそう言うならやってみるがいい。吟味方にはわしから伝えておく」

「ありがとうございます。まず、誰の受け持ちかきいてみます」

そう言い、剣一郎は清左衛門の前から下がった。

剣一郎は吟味方与力の詰所に行き、そこにいた与力に、

「神田岩本町の道具屋『万物屋』殺しの掛かりは誰だ?」

と、きいた。

「それは橋尾さまです」

「左門か。左門はまだ吟味の最中か」

「はい、そろそろ終わるころかと思います」

「では、待たせてもらおう」

剣一郎は橋尾左門の小机の近くに腰を下ろした。小机の上にある御用箱には吟味予定の案件が積んであった。

騒々しくなった。きょうの詮議が無事に終わったようだ。

「青柳どのではないか」

左門は気取った態度で声をかける。

「教えていただきたいことがあって待たせていただいた」

剣一郎も畏まって答える。奉行所ではなれなれしい態度はとらない。

「神田岩本町の道具屋『万物屋』の主人、勘蔵殺しの件だ。さっきおくみという娘に与吉は無実だと訴えられた」

「なに、おくみがそんなことを？」

「そうだ。与吉はひと殺しなど出来ないと言い張っていた。それで、様子を聞かせてもらおうと思ったわけだ」

「わかった。今夜、そなたの屋敷に行く」

「待っている」

剣一郎が部屋を出るとき、剣之助が頭を下げて見送った。

その夜、八丁堀の屋敷に橋尾左門がやってきた。

勝手知ったる様子で部屋に上がり、剣一郎と向かい合う。

「久しぶりにきたような気がする」

「るいがいなくなってからは足が遠のいたのかもな」

娘のるいは御徒目付に嫁いでいる。

「左門さま、いらっしゃい」

妻の多恵が茶を持って顔を出した。

「どうぞ」

「多恵どのはいつまでも年をとらぬな。剣之助の嫁の志乃どのとは姉妹のようだ」

「相変わらず、お口が上手なこと」

いつものことだが、多恵は軽く受け流す。

「いや、本心だ。うちの奴と比べたら……」

まったく奉行所の左門とは別人だと、剣一郎は苦笑した。

多恵が去ると、剣一郎は改まってきいた。

「『万物屋』の主人の勘蔵殺しの下手人は与吉ではないと、許嫁のおくみが訴えてきた。わしに調べ直してくれと言うのだ」

「おくみか」

左門はため息をつき、

「一度、お白洲で会ったが、かなりはっきりした気性のようだ。許婚の無実を信じたい気持ちはよくわかるが、思い込みだけで騒いでいる」

と、表情を曇（くも）らせた。

「実のところ、与吉はどうなのだ？」

「疑いは濃い。いや、与吉が下手人にほぼ間違いないだろう」

「事件のあらましから聞かせてくれぬか」

「うむ」

左門は茶をすすってから話しはじめた。

「与吉は、日本橋高砂町の十郎兵衛店に住む指物師だ。人形町（にんぎょうちょう）の親方から仕事をもらっているが、腕がいいので、与吉名指しの依頼もあるらしい。その中に神田岩本町の道具屋『万物屋』があった」

そう説明してから、事件について語った。

「八月十七日の夜五つごろ、神田岩本町の『万物屋』を訪れた与吉は、台所にあった包丁で勘蔵を刺し殺したのだ。その後、逃げ去る姿を近所に住む大工銀助に見られていた。得物（えもの）の包丁は後日、与吉の長屋の台所から見つかっている」

「与吉が勘蔵を殺した理由は？」

「勘蔵の横恋慕だ。勘蔵はそのおくみに懸想し、金で自分のものにしようとしていたらしい。それを勘蔵本人の口から聞いて、与吉は勘蔵におくみに手を出すなと訴えたが、聞き入れてもらえず、ついかっとなって台所から包丁を持ってきて殺してしまったのだろう」

「その夜、与吉はおくみのことを話し合うために勘蔵の家に行ったのか」

「いや。勘蔵から呼ばれたそうだ」

「勘蔵が呼んだ？」

「うむ。木綿問屋『伊勢屋』の番頭からの言伝だ。『伊勢屋』を訪れた勘蔵が帰りしな、番頭に与吉に五つに家に来るように伝えてくれと頼んだらしい」

「なぜ、自分で言わなかったのだ？」

「与吉が夕方に『伊勢屋』に来ることを知って、番頭に頼んだようだ」

「番頭が伝えるのを忘れたらどうするつもりだったのか。たいした用事とは思っていなかったということでは」

「いや。そうでもないようだ」

左門が首を横に振った。

「二回目の詮議で、『万物屋』の住み込みの奉公人から話を聞いたが、その日、五つごろに客があるから五つ半（午後九時）過ぎまでどこかに出かけてこいと、勘蔵は小遣いを与えて追い出しているのだ」

「客というのは与吉のことか」

「そうだろう。おそらく、勘蔵はおくみへの想いを伝えるつもりで与吉を呼んだのだ。話の内容が内容だけに、奉公人には聞かれたくなかったのだろう」

「そんな大事な話だとしたら、言伝を頼むだろうか」

「与吉は否定しているが、もしかしたら、与吉にも伝えてあったのかもしれない。さらに念を押すために番頭にも頼んだとも考えられる」

「ふむ」

筋が通っていそうだが、剣一郎にはどこか腑に落ちないものがあった。

「剣一郎、何か不審があるか」

「いや」

「おくみの訴えが気になるのか」

左門は苦笑した。

「左門。この件、少し調べてもいいか」

「やはり、おくみの訴えに感化されたな」

「いや、そうではない。だが、ひとひとりの命に関わることだ。わしの調べが無駄だったとしても……」

「仕方ない、と？」

「あと何度の詮議がある？」

「すでに二度した。あと一度で俺の詮議は終わり、お奉行のお調べに引き継ぐ」

「左門。なんとかもう一回引っ張ってくれ」

剣一郎は頼んだ。

「無茶言うな。もう証は揃っているのだ」

「わかっている。そこをなんとか。左門だから頼めるのだ」

剣一郎は正直に言う。

もし、他の吟味方与力であれば宇野清左衛門を動かして説き伏せねばならない。

「なんてこった」

左門は顔をしかめてぼやいたが、

「いいだろう。なんとかあと二度詮議を設けよう。だが、それ以上は無理だ」

「わかった。そして、間隔を出来るだけ空けてくれ。なんとかお裁きまで十日ほど欲しい」

剣一郎は訴える。

「十日？」

左門は頭の中で計算し、

「十日は無理だ。延ばして七日だ。いや、五日ならなんとか。それなら、お奉行のお裁きに間に合う」

「すまん」

「だが、老婆心ながら言っておく。これまでの調べでも、与吉の仕業に疑問をはさむ余地はない。そなたの徒労に終わるだろう」

「それでもやってみる。ついては、詳しい話を聞かせてくれ」

剣一郎は頼んだ。

「いいだろう。それにしても、因果な友を持ったものだ」

左門は愚痴をこぼしたが、事件の詳細を語り、吟味での与吉や証言者たちとのやりとりも詳しく話した。

「抜けていることがあるかもしれぬから、剣之助にも確かめるといい」

「わかった。すまぬ、助かった」

剣一郎は左門に頭を下げた。

「よせ」

左門はこそばゆいような顔で苦笑した。

四

よく晴れた空だ。頰を伝う風は涼しいというより、うっすらと晩秋の冷気を肌に感じる。編笠をかぶり着流しの剣一郎は、大伝馬町の『伊勢屋』の店先に立った。

本瓦葺きのがっしりした店構えで、広い間口の横に「伊勢屋」と白く染め抜いた紺の暖簾がかかっている。

店の中から手代ふうの男が近づいてきた。

「いらっしゃいまし。どうぞ、中へ」

手代は招じた。

「すまぬ。番頭の孝太郎に会いたいのだ」

剣一郎は編笠をとって言う。

「あっ、青柳さまで」

左頬の青痣に気づいて、手代は、

「少々、お待ちを」

と、店座敷のほうに向かった。

手代は商家の内儀ふうの女を接客していた男に声をかけた。その男が顔を向けた。三十をいくつか過ぎているように見える。

客の相手を手代に任せ、三十過ぎの男がやってきた。

「番頭の孝太郎にございます」

色白で小太りの柔和な感じの男だ。

「すまぬ。ちょっと指物師の与吉のことで話をききたいのだが」

「はい。では、こちらで」

孝太郎は広い土間の隅から店座敷に上がるように言い、商談用の小部屋に案内した。

「指物師の与吉はここに出入りをしていたのか」

剣一郎はきいた。

「はい。内儀（おかみ）さんが与吉の腕を気に入り、それからは幾度か与吉に茶簞笥や小箱などの注文をしておりました」

「『万物屋』の勘蔵もここに出入りを？」

「はい。古くなった家具などを『万物屋』に引き取ってもらっています」

「与吉がここに出入りするようになったきっかけは？」

「勘蔵さんの引き合わせです。うちで使っている職人は腕がいいというので」

「なるほど。与吉は勘蔵に仕事の面でいろいろ世話になっていたのか」

「はい、そのようでございます」

「そんな与吉が勘蔵を殺した。驚いただろう」

「はい。信じられませんでした」

「その日、そなたが与吉に、勘蔵の家へ行くように伝えたということだが？」

剣一郎は詮議の場で孝太郎が述べたことに触れた。

「はい。勘蔵さんから、与吉がやってきたら五つに家に来るように伝えてくれと頼まれました」

「なぜ、勘蔵はそなたに頼んだのだ？」

「さあ、わかりません」

孝太郎は首を横に振った。

「もともと、その日は与吉が来ることになっていたのか」

「はい。注文の品を届けてくれることになっていました」

「で、そのことを告げたとき、与吉はどんな様子だった？」

「怪訝そうでした。どんな用件か思い当たるものがなかったようです」

「そうであろうな」

剣一郎は頷いてから、

「ところで、その日、勘蔵のほうは何のために『伊勢屋』にやってきたのだ？　しょっちゅう、道具屋に引き取らせるものがあるのか」

「ときたま顔を出して、何か引き取るものがないかをききに来ます。あの日もそうでした」

「では、ふいに現われたということか」

「そうです」

「それなのに、あとで与吉がやってくることを知っていたのか」

「私が話しました。これから与吉さんが注文の品を届けに来ると。そしたら、今夜来るように伝えてくれと、勘蔵さんが」

「なるほど、そういうわけか」

剣一郎は応じてから、

「どんな用かは言っていなかったな」

「はい」

「ところで、主人は？」

剣一郎はきいた。

「じつは、数年前に中風（ちゅうぶう）を患（わずら）い、今はほとんど寝たきりでして」

「なに、寝たきり」

「はい」

「すると、お店は？」

「内儀さんがしっかりしていらっしゃいますので。私たち、奉公人もみんなで内儀さんを支えております」

「そうであったか。いや、忙しい中、すまなかった」

剣一郎は立ち上がった。

『伊勢屋』を出てから、剣一郎は神田岩本町にまわった。

道具屋の『万物屋』は勘蔵が死んだあと、番頭だった男が店を守っているという。

こぢんまりした土蔵造りの店だ。軒下に屋号を書いた看板が吊るされている。箪笥や火鉢、茶器や掛け軸など、いろいろな古道具が並んでいる。

店先に顔を出すと、店番をしていた男が驚いたように立ち上がって迎えた。三十半ばぐらいの男だ。この男が番頭だろう。

「これは青柳さまで」

「うむ。少し話をききたいのだが」

「はい」

剣一郎は土間に立ったまま、

「そなたが番頭か」

「はい。庄助と申します」

「店はそなたが続けているのか」

と、確かめた。

「旦那には身寄りがなく、あとを継ぐものがいませんから、店仕舞いを考えたのですが、名主さんがおまえが出来るところまでやってみろと仰ってくださったんです」

庄助は言う。

「商売はやっていけそうか」

「私ともうひとりの奉公人のふたりで、なんとか店賃と暮らしが立ち行くぐらいは……」

「商売はうまくいっていたのか」

「だと思います」

「だと思う？」

剣一郎は聞きとがめた。

「はい。旦那は目利きだったんです。私と奉公人のふたりだけではそんなに儲けはないのですが、旦那はそれなりにいい暮らしをしていましたから」

「いい暮らしとな？」

「はい。最近は毎晩のように料理屋に通っていました」

「それだけの売上げを勘蔵がひとりで稼いでいたのか」

「はい。そんなに売上げがあるのなら、私の給金をもう少し上げてくれてもいいのにと思ったのですが」

　庄助は不満そうに言う。

「勘蔵が死んだあと、帳簿は見たか」

「はい。でも、そんな売上げは書きこまれてありませんでした」

「妙だな」

「一度、旦那はこんなことを言ってました。不要になった上等な家財を必要なところに移すだけでかなりの儲けになると」

「家財を引き取るときには次の買い手が見つかっているということか」

　剣一郎は首をひねった。そういうことも考えられるが、しょっちゅうあるわけではなかろう。

「勘蔵が殺された夜のことだが、客があるから外出しているように言われたそうだな」

「はい」

「そういうことは今までもあったのか」

「いえ、はじめてです。珍しく、これで遊んでこいと小遣いをくれました」

「この家にいたのは、そなたともうひとりの奉公人か」

「はい。通いの婆さんは、商いを終えれば家に帰りますから」

「そなたが帰ったのは何時だ？」

「五つ半過ぎでしょうか」

「さぞ、驚いたろうな」

「ええ。奉行所のひとたちでごった返していました。岡っ引きから、旦那が殺されたと聞いて息が詰まりそうになりました。その後、下手人が与吉だと知ってまたびっくりしました」

「どうしてだ？」

「与吉が旦那を殺すなんて信じられません」

　庄助は厳しい顔で言った。

「与吉に許嫁がいるのを知っているか」

「旦那が言ってました。おくみとかいうきれいな娘さんだと」

「勘蔵はそれ以上のことを言っていたか」

「……冗談なら」

「どんな冗談だ？」

「あんな女を嫁にしたいもんだって」

「その冗談は与吉の前でか」

「そうだったと思います。おくみさんを褒めたあとで」

「そうか。わかった。商売を頑張るのだ」

「ありがとうございます」

　庄助は丁寧に頭を下げた。


　剣一郎は勘蔵を殺した与吉が逃げるところを見たと証言した大工の銀助の住む花右衛門店に向かった。『万物屋』から指呼の間だ。長屋木戸を入って、腰高障子に鉋が描かれている家の前に立った。

　隣家の戸が開いて、ちんまりした顔の年寄りが顔を出した。

「銀助ならいねえよ」

　年寄りは編笠の内を覗き込むように見た。

「あっ、青痣与力」

　小さく丸い目が大きく開かれた。

「少し訊ねるが、銀助はどんな男だな」

　剣一郎はきいた。

「へえ、腕のいい大工ですが、ちと病気が」

「病気？」

「いえ……手慰みのほうです」

「どこでやっているんだ？」

「へえ、なんでも浜町堀にある、どっかの大名の下屋敷だそうです」

「博打での借金があるのか」

「それはないようです。取り立てにひとが来たりすることはありません」

「銀助は独り身か」

「そうです」

「わかった。銀助が戻る頃を見計らってまた来よう」

「青柳さま。銀助が何か」

「勘蔵殺しの下手人を見た件で、確かめたいことがあったのだ」

「御役目ご苦労様です」

剣一郎は長屋木戸を出た。

編笠をかぶり、剣一郎は岩本町から薬研堀に向かった。

郡代屋敷の隣にある馬場を過ぎたとき、背後から追いかけてくる足音を聞いた。

「青柳さま」

横に立ったのは太助(たすけ)だった。

「太助か。きょうはここらで商売か」

太助は猫の蚤(のみ)取りや行方不明になった猫を探すのを商売にしている。ひょんな縁から剣一郎の手足となって働くようになった男だ。

「いえ……近頃、さっぱりです。逃げだす猫がいなくて」

猫の蚤取りより逃げた猫を探すほうが金になると以前言っていた。

「青柳さまはこれからどちらに？」

「薬研堀の『名月』という料理屋だ」

「それは豪勢(ごうせい)で」

「お駒という女中に話をききに行くだけだ」

「なにかありましたか。水臭いじゃありませんか。あっしに声をかけてくだされば」

「ちょうどそなたの手を借りねばならぬと思っていた」

「なら、これからお供します」

そう言い、横に並んで歩きだした。

苦笑しながら、太助に声をかける。

「そなた、岩本町の道具屋『万物屋』を知っているか」

「いえ。その『万物屋』が何か」

「半月ほど前に、主人の勘蔵が殺された」

「殺された?」

「下手人は指物師の与吉という男だ。すでに捕まって詮議を受けている」

そう話したあとで、許嫁のおくみから与吉は無実であると訴えられたことを付け加えた。

「で、調べ直しておられるんですね。わかりました。あっしにお手伝いさせてください」

「とりあえず、薬研堀だ」

剣一郎と太助は薬研堀の料理屋『名月』の門をくぐった。雅(みやび)やかというほどではないが、丁寧に手入れされた庭を通る。一晩でもそれなりの金が必要になりそうだと剣一郎は思った。

土間に入ると、女将(おかみ)が気づいて出てきた。

「これは青柳さま、何か」

「女中のお駒に会いたい」

「お駒ですか。ちょっとお待ちを」

女将は通りかかった女中にお駒を呼ぶように言った。

「お駒に何か。ひょっとして、『万物屋』の旦那の件で？」

「うむ。少し、確かめたいことがあるのだ」

「この前、お白洲に呼ばれましたが、それで済んだのでは？」

「念のためだ。殺された勘蔵はお駒のところに通っていたようだな」

「はい」

「勘蔵はどの程度、お駒に執心(しゅうしん)だったのだ？」

「かなり、熱を上げていたようですが」

「そうか。あとはお駒にきこう」

剣一郎は不安そうな女将に言う。

「わかりました。では、こちらの部屋をお使いください」

女将は剣一郎と太助を帳場の奥にある部屋に通した。

ほどなく、色っぽい女が襖を開けた。

「駒でございます」

敷居の前で挨拶をし、部屋に入ってきた。

「忙しいところをすまぬが、少しききたいことがある」

「はい」

お駒は眉根を寄せた。

「『万物屋』の勘蔵はそなたにずいぶん執心だったようだな」

「あの旦那は誰にでもそうです。私より、おくみという娘さんに熱を上げていたと思いますけど」

「しかし、そなたのもとにも通いつめているのだから相当なものだ」

「ええ、まあ」

「おくみは金でどうにかなると勘蔵は言っていたそうだが？」

「はい、酔って気が大きくなったのか、そんなことを……」

「勘蔵は金を持っていたそうだな」

「ええ」

「ここの勘定だってばかにならぬだろう。それほど頻繁に来られるとはよほど金回りがいいようだ」

「道具屋は儲かるみたいですね」

「いや、そうでもないらしい。勘蔵には何か別の実入りがあったのかもしれない。何か、それらしいことを言っていなかったか」

「いえ……」

お駒は首を傾げた。

「そなたをくどくときも金のことを持ち出したのか」

「いえ」

「勘蔵から贈り物をもらったことがあるか」

「………」

「どうなんだ？」

「あります」

「ちなみにどのようなものだ？」

「簪や笄です」

「今挿しているものか」

「いえ、これは違います。旦那が来るときだけ」

「今は、家に置いてあるのか」

「………」

また、返事まで間があった。

「どうした?」

「旦那が殺されたあと、縁起が悪いので売ってしまいました」

「売った?」

「はい」

「高値で売れたのか」

「いえ、そんなに高価なものじゃありません」

お駒が曖昧に答える。

「勘蔵がそなたをくどこうとして買い求めたのだ。安物であるはずはなかろう」

「………」

「勘蔵は何日置きにやってきていたのだ?」

「ふつかか三日です。ときたま連日のときもありましたが」

「それをどのくらい続けていたのだ?」

「ええと、ここ三月ぐらいでしょうか」

「どのくらいの額になろうな。かなりの額に違いない」

「……お勘定は女将にきかないと」

「そなた、好きな男がいるのか」

ふと、思いついて剣一郎は話題を変えた。

「いえ、それは……。いません」

お駒はためらいを見せながら応えた。

「心配いたすな。誰にも言わぬ」

「ほんとうにいません」

お駒は、今度はきっぱりと言った。

好きな男がいるのは間違いない。こういう商売なら隠したい気持ちもわかる。

「勘蔵のことで何か思い出したことがあったら自身番を通してわしに知らせてくれ。すぐに訪ねるゆえ」

「はい」

「邪魔した」

剣一郎は腰を上げた。

帰りしな、帳場に顔を出し、

「勘蔵がここで使った金の額がわかれば教えてもらいたいのだ」

と、剣一郎は女将に頼んだ。

「帳簿を見ればわかるであろう。ここ三月ほど通っているようだ。回数だけでもいいから調べてくれ。後日、この者がききにくる。太助だ」

「太助です」

太助が女将に挨拶をする。

「わかりました。調べておきます」

「では、頼んだ」

帳場を出ると、そこにお駒が立っていた。会釈をして剣一郎と太助を見送ってくれた。

五

剣一郎と太助は、与吉とおくみが暮らす日本橋高砂町の十郎兵衛店に行き、長屋木戸の脇にある絵草子屋に顔を出した。ここが大家の家だという。

店先にいたのが大家の嘉兵衛だった。三十半ばの色白の男だ。

「これは青柳さまで。どうぞ、こちらにお上がりください」

まるで待ちわびていたかのように、嘉兵衛は剣一郎と太助を小部屋に通した。

「このたびは御迷惑をおかけして申し訳ございません」

いきなり、嘉兵衛が頭を下げた。

「どういうことだ？　ひょっとしておくみのことか」

剣一郎は察してきいた。

「はい、私がそそのかしたのでございます」

嘉兵衛が打ち明けた。

「与吉が捕まり、おくみは悲嘆(ひたん)にくれていました。詮議から帰ったおくみの様子は見てはいられないものでした。それで、青柳さまに縋(すが)ったらどうだと知恵を授けたのです。青柳さまなら必ず真実を暴いてくれるはずだから、と」

「そういうわけであったか」

剣一郎は事情を呑み込み、

「おくみと与吉はそれほど仲がよかったのか」

と、きいた。

「はい。正直で働き者の与吉とやさしいおくみはまことに似合いの夫婦になるだろうと、長屋の者もみなで喜んでおりました。体を壊した父親の看病のために、おくみは祝言を先延ばししましたが、もう夫婦のようなものでございます」

「与吉は正直で働き者というのは贔屓目ではなくてか」

「はい。誰もがそう見ているはずです。指物師の親方のところから三年前に独り立ちしました。『万物屋』さんと『伊勢屋』さんの依頼は直に引き受けておりますが、それ以外は親方のところの仕事を律儀に続けております」

「殺された『万物屋』の勘蔵に会ったことはあるか」

「はい。与吉を訪ねてきたときに一度お会いしました。与吉を信頼しているようでした」

「その勘蔵がおくみに言い寄っていたそうだが気づいていたか」

「いいえ。一度、おくみの父親のために朝鮮人参を買ってきてくださいましたが、与吉の許嫁だからそこまでしてくれると思っていました」

「朝鮮人参？」

「はい」

「高価なものだろう」

やはり、勘蔵は金を持っていたようだ。

「おくみは今、どうしている？」

「近所のお稲荷（いなり）さんに朝晩お参りをしています。今はちょうどその頃あいでしょう。父親の看病をしながら、仕立ての仕事をしていますが、顔つきも変わってしまって、見るに堪（た）えません。青柳さまだけが頼りだと自分に言い聞かせて頑張っているようですが……」

「そうか」

「おくみにお会いになりますか」

「もう少し、調べが進んでからにしよう」

過剰に期待させてはならないと思った。

「青柳さまがいらっしゃったことはお話ししてよろしいでしょうか」

「うむ。構わぬが、調べははじめたばかりだと言っておいてもらおう」

「はい。どうか、お願いいたします」

剣一郎は嘉兵衛の家を出た。


日が暮れて、剣一郎と太助は再び大工の銀助の住まう神田岩本町に行った。町の東側の入口から入ると、途中に事件のあった『万物屋』がある。

その前を通って花右衛門店に向かった。

長屋の路地に太助が入って行き、すぐ戻ってきた。

「まだ、戻っていません」

「じき帰ってくるだろう。ここで待とう」

木戸の近くで通りの左右を注意しながら待っていると、肩に大工道具を担いだ印半纏の男が西側の入口からやってきた。

「あの男かもしれません」

太助が言った。長身で同じように顔も長い三十歳ぐらいの男だ。

剣一郎は近づいてきた男の前に立った。

「大工の銀助か」

「へえ」

「南町のものだ」

そう言い、剣一郎は人指し指で編笠を上に押した。

「あっ」

銀助は短く叫んだ。剣一郎の頰の痣に気づいたのだろう。

「少し話を聞かせてもらいたい。向こうに」

路地を入った先にある空き地に誘う。銀助は少し遅れてついてきた。

剣一郎は立ち止まり、銀助が大工道具を足元に置くのを待って、

「『万物屋』の勘蔵が殺された夜のことだ」

と、切り出す。

「へい」

銀助は怯えたように頷く。

「そなたは、五つごろ帰ってきたそうだな」

「へえ、建て前がありまして」

「建て前はどこであったのだ？」

「須田町のほうです」

「須田町から帰ってきたのか」

「はい」

「きょうはどこからだ？」

「へえ、同じ須田町の普請場からです」

「おかしいな」

「えっ？」

「今帰ってきた道では『万物屋』の前を通らぬではないか」

「それは……」

　銀助があわてた。

「じつはあの日酔っていて、長屋木戸を行き過ぎてしまったのです」

「酔っていた？」

「へえ」

「それなのに、飛び出してきた男の顔がわかったのか」

「わかりました」

「建て前なら酒が入っていたはずだ。酔っていたかどうか、詮議の場できかれたのではないか」

「はい」

「酔っていたけど、顔はわかったと答えたのか」

「すみません。よく覚えていません」

「覚えていない？」

　剣一郎は聞きとがめ、

「ひとひとりの命がかかっているのだ。それを覚えていないというのか」

「お白洲に出るなどそうそうあることじゃありやせんので……」

「まあ、いい。その夜は建て前で酒を呑み、酔っていたので長屋を通りすぎて『万物屋』のほうに行ってしまったということか」

「はい」

銀助は小さくなって答える。

「そして、長屋を通りすぎるほど酔っていたが、『万物屋』を飛び出してきた男の顔ははっきり覚えていたというのだな」

「…………」

「どうなんだ?」

「ええ、わかりました」

「与吉という男の顔を知っていたのか」

「何度か見かけたことはあります」

「そなた、手慰みをするそうだな」

「小遣い程度のお楽しみでございます」

「どこでだ?」

「すみません。それはご勘弁(かんべん)を」

銀助は頭を下げた。

「負けて借金を作ったことは？」

「昔は……。でも、大きな額じゃありません。今はすっかりきれいな身です」

「そなたの親方は？」

「横山町の新蔵親方です」

「そうか。また何かあったら、訪ねることになろう」

「へい」

銀助は俯いて返事をし、大工道具を肩に担いで去って行った。

「なんだか妙におどおどしていましたね」

太助がきいた。

「何か隠し事があるような感じだ。親方のところに行ってみよう」

剣一郎と太助は横山町に向かった。

大工の新蔵の家はすぐにわかった。

「ごめんください」

太助が戸を開け、奥に向かって声をかけた。見習いらしい若い男が鉋掛けの居残り稽古をしていて、土間に鉋屑が散らばっていた。

若い男が手を止めてこちらに顔を向けた。

「棟梁にお会いしたい。南町の青柳さまだ」

太助が声をかける。

「へい」

あわてて、若い男は奥に引っ込んだ。

しばらくして、肩幅の広い四十絡みの男が出てきた。剣一郎と太助は板敷きの間のそばに寄った。

棟梁らしき男は上がり框まで出てきて、腰を下ろした。少し酒臭かった。

「親方の新蔵だな」

剣一郎は確かめた。

「さようで」

新蔵は不審そうに見る。

「岩本町の銀助のことできききたい」

剣一郎は口を開いた。

「銀助が『万物屋』の勘蔵殺しの下手人を目撃したことは知っているな」

「へえ、承知しています」

「殺しがあった夜、銀助は須田町の普請場で建て前があって酒を呑んだということだが、間違いはないか」

「ええ、その日は確かに建て前がありました」

「銀助はかなり呑んだそうだが」

「いえ、いつもより控え目だったんじゃないですかね」

「控え目というと？」

「へえ、もともと酒好きでして、いつも建て前のときにはがぶ呑みして酔っぱらってしまうのですが、あんときはおとなしく呑んでました」

「銀助は道を間違えるほど酔っていたと言っていたが？」

「そうですかえ。妙だな」

　新蔵は首を傾げた。

「建て前は何時に終わったのだ？」

「六つ半（午後七時）過ぎに終わりました」

「銀助が岩本町に帰ってきたのは五つだが。銀助は終わってもすぐに引き上げなかったのか」

「いえ。あの日は珍しく早く帰ったはずです。まだ、残って呑んでいる連中もいましたが、銀助はもういませんでした」

「それは確かか」

「へえ。伝え忘れたことがあって銀助を探したら、もう帰ったって他の職人が言ってましたから」

「そうか。ところで、銀助は手慰みをするらしいな」

「へえ」

「別にそのことでどうのこうのというわけではない。銀助は博打で負けて借金を作ってはいないかと思ってな」

「………」

「どうした？」

「一度、普請場に遊び人ふうの男がふたり銀助を訪ねてきたことがあります。銀助がふたりにぺこぺこしていました。あとできいたら、何でもないと言うだけで」

「それはいつごろのことだ？」

「ひと月余り前です。先月のはじめだったと思います」

事件の半月ほど前ということになる。

「銀助が通っていた賭場はどこにあるかわかるか」

「浜町堀の近くの武家屋敷だと聞いていますが……」

長屋の年寄りも同じことを言っていた。

「あい、わかった」

「青柳さま。銀助に何か？」

「いや、たいしたことではない。念のためにきいているだけだ」

そう言い、剣一郎は新蔵の家を出た。

辺りはすっかり暗くなっていた。

「普請場に現われた遊び人ふうの男は、銀助の負け金を取り立てにきた賭場の者に違いない。太助、浜町堀の大名の下屋敷を調べてくれぬか」

「わかりやした」

太助が頭を下げて駆け出した。

「待て」

剣一郎は呼び止めた。

「どこへ行く？」

「へえ、浜町堀へ。賭場を開いている下屋敷を探しに」

「それは明日、京之進にきけばわかるだろう」

定町廻り同心の植村京之進なら見廻り域内の賭場も摑んでいるはずだ。

「へえ」

「きょうはここまでだ。屋敷に帰って飯を食おう」

「へえ。でも、あっしの家はすぐそこですけど」

「わかっている。だが、飯を食ったあと、きょうの聞き込みをまとめたいのでな」

「わかりました」

太助は弾んだ声で答えた。

剣一郎と太助は八丁堀の屋敷に向かった。きょう一日、事件に関わりある者を調べたが、腑に落ちないことが幾つかあった。ことに、銀助の動きは妙だ。それに、勘蔵の金回りのよさも気になる。だからと言って、与吉が無罪というわけではないが……。

六

翌朝、剣一郎が出仕すると、ほどなく宇野清左衛門に呼ばれた。

年番方与力の部屋に行き、清左衛門に声をかける。

「宇野さま」

「うむ」

清左衛門が文机の前で振り返った。

「青柳どの。勘定奉行の大庭伊予守さまの件だ。きょうの昼下がり、谷中の善照寺の離れで待つということだ」

「昼下がり？　伊予守さまはご公務では？」

「早めに下城してくるのであろう。先方のご指定だ」

「わかりました」

「ところで、与吉の件はどうだ？」

清左衛門は小声できいた。

「いくつか不審な点がありました。殺された勘蔵が金回りがよかったことや、与吉が現場から逃げるところに出くわした大工の銀助の動きが、腑に落ちません。しかし、これだけで与吉が無実であるとは言えません。許嫁に言い寄られたという動機もありますし、得物の包丁も与吉の長屋で見つかっているわけですから」

剣一郎はさらに続けた。

「ただ、もし与吉が無実だとしたら、大掛かりな罠に与吉がかけられたことになります。それを明らかにするためには時が要ります。詮議に間に合うか」

「よほどの証があれば、詮議の途中でも調べ直すことも出来ようが……」

清左衛門は唸った。

「なぜ金回りがよかったのか、勘蔵のことをもう少し調べてみようと思っています。そこに、何か手掛かりがあるように思えます」

「そうか。わかった」

剣一郎は清左衛門のもとから下がって、吟味方与力の詰所に赴いた。詮議がはじまる前で、橋尾左門は文机に広げた書類を見ていた。きょう吟味する件に関するものであろう。

近くにいた剣之助が左門に声をかけた。

左門は振り向いた。剣一郎は近くに腰を下ろした。

「与吉の調べは明日だったな」

剣一郎は確かめる。

「そうだ。本来は明日が最後の調べとなるはずだったが、そなたの頼みを聞き入れ、あと一度行なう」

「明日、与吉に確かめてもらいたいことがある」

「何か」

左門は真顔できく。

「『万物屋』の勘蔵は金回りがよかったようだ。そのことを知っていたか。また、どこから実入りがあるのか心当たりはあるかと」

「ちょっと待て。確か、勘蔵の手文庫に三両、店の百両箱には五両ほど入っていたと調べ書きにあった。与吉は金を盗んではいない」

「ほんとうはもっと金を持っていたようだ」

「では、その金はどうしたんだ?」

「誰かが盗んでいったとも考えられる。それが真の下手人かも」

「………」

「それから、現場から逃げるときに大工の銀助と出くわしたということだが、その詳しい場所を確かめてもらいたい」

「詳しい場所?」

「勘蔵の家を出て右のほうに逃げようとして行き合ったのか、あるいは左のほうか」

「そんなことが何か役に立つのか」

左門が口をはさむ。

「まだわからぬ」

「わからぬと？」

「銀助は須田町の普請場の建て前から帰る途中で与吉と遭ったという。普通の道のりであれば勘蔵の家の前は通らないのだ。勘蔵の家は長屋木戸の先にある」

「遠回りをしているのか」

「そうだ、酔っていたから行き過ぎたと」

「酔っていた？　いや、お白洲では酔っていないと言っていた。そうだな」

左門は剣之助に同意を求めた。

「はい。酔っていないので相手の顔ははっきり見たと言っておりました」

剣之助は答える。

「そうだ。間違いない」

左門が厳しい顔で言って、

「よし、わかった。そのときの様子を詳しくきいてみよう。ただ、覚えているかどうか」

「思い出すようにうまく話を持ち掛けるのだ。左門にはお手のものだろう」

「やってみよう。事と次第によっては、銀助をもう一度、呼び出すか」

「呼び出しても同じことしか言わぬと思うが」

「うむ」

「では、頼んだ」

剣一郎は腰を上げた。

剣之助が黙礼で剣一郎を見送った。

昼下がり、剣一郎は編笠をかぶり、谷中の善照寺の石段を上って山門をくぐった。

伊予守の乗物はどこで待機しているのか目に入らなかった。庫裏(くり)の裏かもしれない。

寺務所に顔を出し、離れの場所をきいた。

本堂の脇の道を上って行くと、庵(いおり)のような離れがあった。参拝に来た貴人が休息するための場所だろうか。

剣一郎は土間に入って声をかける。すると、女中らしき女が現われた。

「青柳さまでございますね。どうぞ、こちらに」

「しからば」

剣一郎は腰から大刀を外して右手に持ち替えて奥の部屋に向かった。内庭に面した部屋に、二十七、八歳ぐらいの気品のある婦人が待っていた。

「これは……」

剣一郎は思わず女中に小声できいた。

「伊予守さまではないのか」

「伊予守さまの奥方さまにございます」

「奥方さま？」

「どうぞ」

女中に促されて、剣一郎は部屋に入った。

剣一郎は奥方の前に控えた。

「青柳どのでございますね」

「はい。しかし、私は伊予守さまに呼ばれたものと思っておりました」

「じつは私が呼んだのです」

「さようでございましたか」

剣一郎は戸惑いながら、

「して、私に何か」

と、訊ねた。

「じつは私の弟の牧太郎（まきたろう）のことで……」

奥方は表情を曇らせた。

「お恥ずかしい話ですが、牧太郎は身持ちが悪く、親から勘当（かんどう）されております」

奥方は三百石の小身旗本（はたもと）、尾崎牧左衛門（おざきまきざえもん）の娘で、牧太郎と牧次郎（まきじろう）のふたりの弟がいる。牧太郎は女中を手込めにしたり、下男を痛めつけたり、手のつけようのないほど品行が悪いのだという。

奥方はため息をついた。

「牧太郎どのは今、どのような暮らしを？」

「どこかの女のところにいるのでしょう。牧太郎は苦み走った男で、女に好かれるようです。貢（みつ）がせて暮らしているのです。きっといつか、間違いを犯すはずです」

奥方は身を乗り出し、

「牧太郎の犠牲になる者が出る前に、牧太郎をなんとか出来ますまいか」

「なんとかとは？」

「捕まえてもらいたいのです」

「それは難しいと言わねばなりません。罪を犯したのならともかく、罪を犯す恐れがあるというだけではそこまで出来ませぬ」

「ほうぼうで尾崎の名を使って、つけで飲み食いをしたりしています。それでもだめですか」

「飲み食いされた店が訴えれば」

「無理かもしれません」

悲しみのこもった目を向け、奥方は続けた。

「実家の父は、今度牧太郎が現われたらあいつを刺して俺も死ぬと」

「ご実家にも顔を出すことがあるのですか」

「弟に金をせびりに来るのです」

「そうですか……」

「先日は大庭の屋敷にも現われました。私に金をせびりに来たのです。門番には私の弟だと名乗って」

「それで門番は通すのですか」

「武士の格好をすると、それなりの姿になるのです。その点は抜け目ありません。皆、騙されます。いつか殿にまで迷惑がかかるのではないかと心配で」

「私は、奥方が簪を落としたとお伺いいたしましたが、ひょっとして牧太郎どのに？」

「はい。金をくれないと牧次郎のところに行くと言うので、つい簪を」

「そうですか」

「青柳どの、なんとかなりませぬか」

「わかりました。ともかく、牧太郎どのに会ってみましょう。どこに住んでいるのかわかりませんか」

「鳥越神社の近くだと言っていました」

「尾崎牧太郎どのですね。年は？」

「二十六です。細身の苦み走った顔です。私に似ているそうです」

「このことは伊予守さまもご存じなのですね」

「はい」

「すぐに対処出来るかどうかわかりませんが、常に心に留めておきます」

「お願いいたします。出来たら、あの簪を取り返したい。義母の形見なので」

奥方は頭を下げた。

剣一郎も挨拶をして立ち上がった。

編笠をかぶり、剣一郎は谷中から下谷広小路に出て御徒町を突っ切り、三味線堀の脇を通って元鳥越町までやってきた。

自身番に顔を出す。

「これは青柳さま」

月番の家主が驚いたように口を開いた。

「何かございましたか」

「ひとを探している。尾崎牧太郎という年の頃は二十五、六の侍だ。姿形がよく苦み走った顔で男前のようだ」

「尾崎牧太郎さまですか。存じ上げませんが」

家主は首を傾げた。

「狼藉者の浪人の噂はきかぬか」

「いえ、特には」

「そうか、邪魔した」

剣一郎は自身番を出た。

それから蔵前のほうに行き、そこの自身番でも同じことを訊ねた。そして、茅町の自身番で、やっと尾崎牧太郎のことがわかった。

柳橋の『船十』という船宿で、侍同士の喧嘩があり、三人を相手に闘って叩きのめした侍が尾崎牧太郎という名だという。

剣一郎は船宿の『船十』に行った。

店の前の河岸に猪牙舟がもやってある。剣一郎は『船十』の土間に入った。

「いらっしゃいまし」

大儀そうに小太りの女将が出てきた。

「すまぬ。尾崎牧太郎という男を探している」

剣一郎は編笠を持ち上げて顔を見せて言う。

あっと女将は叫び、態度を変えた。

「尾崎牧太郎さまはときたまここにお出でになります」

「住まいはわからぬか」

「いえ、でも、この近くにお住まいのようです」

「いつぞや侍三人を相手に喧嘩をしたそうだな」

「はい。あっけなく三人を叩きのめしてしまいました。腕っぷしの強いお方です」

「二十六歳で、苦み走った顔の男前か」

「そうです。すらっとして細身ですが、男らしいお顔だちです」

女将は頷いた。

「ここにはひとりで来るのか」

「はい。ひとりのときは吉原(よしわら)か深川(ふかがわ)まで舟で」

「ひとりじゃないときもあるのか」

「お侍さんといっしょに来たこともありましたね」

「どんな侍だ？」

「三十歳ぐらいのお侍さんです。尾崎牧太郎さまが丁寧に応対をしていました」

「女はどうだ？　尾崎牧太郎は女といっしょに来ることは？」

「たまに連れてこられます」

「どんな女だ？」

「いつも違った方ですね」

「そうか。金払いは？」

「最近はいいようです」

「最近はというと？」

「以前は、酒が高いとか文句を言うことがありましたけど、近頃はありませんし」

「今度、尾崎牧太郎が来たら、わしが会いたがっていたと伝えてくれ。住まいも聞いてもらえると助かる」

「わかりました」

剣一郎はそれから奉行所に戻った。

奉行所から八丁堀の屋敷に帰ってきた。

着替えていると、ふと思い出したように多恵が口を開いた。

「夕方、おくみという娘さんがおまえさまを訪ねて参りました」

「おくみが？」

帯を締めながら、剣一郎はおくみの思い詰めたような目で訴える姿を脳裏（のうり）に蘇（よみがえ）らせた。

「なんでも、おまえさまが許婚の与吉さんを助けてくれると約束したと」

「そのように言っていたか」

剣一郎は胸が塞がれたようになった。

「ええ、おまえさまのおかげでやっと生きていく望みが出来たそうです。一時は死のうかと思っていたと。どうなんですか。与吉さんの罪は晴れそうなんですか」

「わからぬ」

「そうですか」

多恵は眉根を寄せた。

「どうかしたか」

「あの娘さん、何かに取り憑かれでもしたかのように……」

「うむ」

剣一郎はおくみの様子に不安を抱いた。

第二章　処刑

一

翌日。剣一郎は襖の隙間から詮議所を覗いた。

座敷の中央に橋尾左門が座り、そのそばに立会い与力や小机の前に書役同心、そして縁側に近い場所に剣之助が座っている。

下男に縄尻をとられて、与吉が詮議所のお白洲に敷かれた莚の上に座った。剣一郎は与吉のやつれた顔を痛ましい思いで見た。きょうで吟味は三度目になるはずだが、かなり疲れているようで、顔色は悪く、端整な顔だちと聞いていたが歪んで別人のようだ。

「与吉、体の具合はどうだ？」

左門が口を開いた。

「あまり眠れませんが、なんとかだいじょうぶです」

「もし苦しかったら遠慮なく誰かに申し出るのだ。よいな」

『万物屋』の隣家の主人の証言によると、五つ（午後八時）前に悲鳴のようなものを聞いた。何事かと思っていると、しばらくして騒ぎ声が聞こえた。駆けつけてみると、大工の銀助がひと殺しだと騒いでいたということだ。

　隣家の主人が悲鳴を聞いたとき、与吉が勘蔵の家にいたのではないかという推測が成り立つ。

　その悲鳴については隣家の主人だけでなく、妻女も聞いていたので、その話に偽り（いつわ）はないようだ。

　左門がおもむろに口を開いた。

「与吉、そなたが『万物屋』に行ったとき、すでに勘蔵は死んでいたということであったな」

「はい、そうです」

「そのとき、なぜ、自身番（じしんばん）に知らせようとしなかったのだ？」

「知らせるつもりで飛び出したのです。そしたら、ひととぶつかりそうになって」

「そのとき、出くわした者に、ひと殺しがあったとなぜ訴えなかった？　なぜ、逃げたのだ?」

「それは……」

　与吉は首をひねって、

「そうだ。いきなり、相手がひと殺しだと叫んだのです。あっしは頭の中が混乱して、気がついたら逃げていました」

「その男とどこで出くわしたのだ?」

「潜り戸を飛び出してすぐです」

「飛び出してすぐ?　それでは家の前ということか」

「そうです」

　大工の銀助は長屋に向かって歩いているときに、潜り戸から男が飛び出してきたと言っていた。だから通りの真ん中で出くわしたと勝手に思い込んでいたが、実際は潜り戸を出たところだ。そうなると、なぜ銀助はそんな軒寄りの戸のそばにいたのだろうか、と剣一郎は疑問に思った。

「そなたは勘蔵に呼ばれたわけに心当たりはない、と言っていたな」

「はい」

「しかし、勘蔵はおくみに気があるようだった。そのことで、そなたと話をつけようとしたのではないか」

「そんなことはありません。勘蔵さんは今までそんな素振(そぶ)りをあっしに見せたことはありませんでした」

「だから、そこで勘蔵は話をつけようとしたと考えられなくはない」

「………」

与吉は何か言いかけたが、声にはならなかった。

「勘蔵との付き合いはどのくらいだ？」

「三年です」

「その間、何度も『万物屋』には顔を出しているな」

「はい」

「『万物屋』は繁盛(はんじょう)していたのか」

「そこそこだったと思います」

「勘蔵は金回りがいいようだった。気づいていたか」

「はい。三月(みつき)ばかり前から暮らしが派手になったような気がしていました」

「なぜ、派手になったと思うのだ？」

「商売がうまくいっていたんじゃないかと」

「奉公人の話では売上げは以前とあまり変わらなかったそうだ」

「…………」

「なぜ金回りがよかったのか、思い当たることはあるか」

「いえ、ありません」

与吉は首を横に振った。

「勘蔵の家に金が入った手文庫のようなものが置いてあったかどうか、そなたは覚えていないか」

「手文庫ですか。わかりません。他人には隠すものでしょうし……」

「勘蔵を恨(うら)んでいる者がいると思うか」

と、左門はきいた。

「わかりません」

「そなたがやっていないとしたら、下手人(げしゅにん)は勘蔵を恨んでいる者か、あるいは勘蔵が隠してある金が目当てだったのか」

「…………」

「どうだ、何か心当たりはあるか」

「いえ。ありません」

与吉は俯いた。

「そなたの住まいの台所から血のついた包丁が見つかった。どうしてだと思うか」

「誰かが勝手に隠したんです」

「誰か想像はつくか」

「いえ」

「なぜ、そなたの家に隠したのか」

「あっしを下手人に仕立てあげようとしたんだと思います」

「そなたを恨んでいる者はいないか」

「いないと思います」

「勘蔵はおくみをくどいていたようだ。他におくみに言い寄る者はいなかったか」

「……わかりません」

与吉は苦しそうに叫んだ。

「そなたが無実だとしたら、そなたを罪人に陥れようとした輩がいるということになるのだ。ほんとうに何か思い当たることはないのか」

「ありません。そんな者があっしの周囲にいることなど考えたことはありません」

与吉はやりきれないように答えた。

与吉が下手人であるかどうか、剣一郎にはまだ判断がつかなかった。

勘蔵を殺そうとした理由はある。犯行の場から逃げるところを見られており、得物の包丁は自分の住まいで見つかった。

勘蔵は与吉に何か言いたいことがあって家に呼びつけたのであろう。それは、おくみのことだった。それなりの金を渡すからおくみから手を引けとでも言ったか。それを聞いた与吉は、かっとなって勘蔵の家の台所から包丁を持ち出して刺してしまった。直後、たいへんなことをしてしまったと狼狽し、包丁を持ったままなのに気づかず、あわてて家を飛び出し、潜り戸を出たときに大工の銀助と出くわしたということだろう。つじつまは合う。

「岩本町から逃げ、そなたはまっすぐ長屋に帰ったのか」

左門がさらにきいた。

「いえ、勘蔵さんを助け起こしたときに手や着物に血がついたので、浜町堀の堀端で手を洗い、着物の血を落としてから長屋に帰りました」

与吉は答える。

その翌朝、植村京之進と岡っ引きが長屋を訪れ、与吉を大番屋に連行した。さらに翌日の家探しで、与吉宅の台所から血のついた包丁が見つかったという流れだった。

与吉の言う通り、もし罠にはめた輩がいるとしたら、与吉がしょっぴかれたあとに得物を台所に隠したことになる。

少しでも無罪となる余地があれば、罪に問うべきではないと思うが、与吉に有利となる証が見当たらない。

大工の銀助の動きが気になっていたが、それが明らかになったからといって与吉の犯行を否定出来るものではない。

その後、日本橋高砂町十郎兵衛店の大家の嘉兵衛を呼び出し、与吉について話を聞いた。これは剣一郎の頼みによって吟味をもう一回増やすために、左門が当初の予定にはなかった尋問を入れたのだ。

与吉の吟味が終わって、剣一郎はその場を離れた。

与力部屋に戻ると、植村京之進が待っていた。

「今、与吉の吟味が終わった」

剣一郎は告げる。

「いかがでしょうか」

京之進は不安そうにきいた。

「わからぬ。心情としては与吉はやっていないと思いたいが、与吉に利する証はない」

「私がもっと調べていればよかったのでしょうが」

京之進が自分を責めるように言う。

「いや、そなたの問題ではない。もし、これが与吉を貶(おとし)める罠だとしたらかなり大掛かりに仕組まれている。生半可(なまはんか)な相手ではないということだ」

「そこまでして与吉を罠にはめようとする者がいるのでしょうか。こう言っては語弊(ごへい)があるかもしれませんが、与吉はたかが職人です」

「何かを隠しておきたい者がいるのかもしれぬ」

「隠蔽(いんぺい)ですか?」

「そうだ。勘蔵は金回りがよかったらしい。どこから金を得ているのかが気になる」

「ひょっとして、誰かを強請(ゆす)ったりして恨まれたということも……」

京之進が目を剝(む)いて言った。

「うむ。勘蔵の金回りがよくなったのは三月ほど前だそうだ。たとえば、その頃勘蔵は何者かの秘密を摑(つか)んだ。それをねたに金をせびりはじめる。その何者かが、いつまでも強請が続くことを恐れ、勘蔵を始末しようと考えた。ただ、勘蔵を殺したあと、その探索によって勘蔵が強請っていたことがわかり、さらに強請のねたまで明らかになっては困る。そこで、おくみのことで恨みがありそうな与吉を利用した……」

「狙いはあくまでも勘蔵で、与吉は巻きこまれたということですか」

京之進は困惑ぎみに言う。

「今のは、与吉が無実だと仮定したときの話だ。さっきも言ったように、与吉がやっていないという証はない。そして、勘蔵が誰かを強請っていたという証もない」

仮の話をつき詰めるのには、とにかく情報が必要だった。

「京之進、念のために勘蔵のことをもう少し深く調べてくれぬか。もし強請っている相手がいるなら、いつも出入りをして……」

剣一郎はふと気がついた。

「何か」

京之進が身を乗り出した。

「木綿問屋の『伊勢屋』だ」

「『伊勢屋』？」

「そうだ、勘蔵と与吉は『伊勢屋』に出入りをしている。そして、与吉に勘蔵の家に行くように伝えたのは番頭の孝太郎だ」

「勘蔵は『伊勢屋』の秘密を摑んでいたということですか」

「『伊勢屋』の主人は中風で倒れ、寝たきりだそうだ。早まった考えかもしれぬが……」

「まさか、そのあたりに何か」

京之進が昂って言う。

「あくまでも念のためだ。考えられることはひとつずつ潰していかねばならない」

剣一郎は覚悟を示してから、

「『伊勢屋』の主人に会ったことはあるのか」

と、きいた。

「三年ほど前に会ったことがあります」

「年はいくつだ？」

「そのころまだ三十半ばだったはずでございます」

「内儀は？」

「二十七、八の頃合いでございましょうか」

「若いな」

「はい。後添いです。どこかの商家の娘を見初めて、伊勢屋が後添いに迎えたとのことです。確か、おふじといいました」

「後添いに入ったのは？」

「それも三年ほど前です」

「主人は、おふじが後添いに入ってほどなく中風を患ったのか」

「いえ、中風の気は以前よりあったのですが、そのころから寝込むことが多くなったようです」

「今、『伊勢屋』は内儀と番頭とで切り盛りしているようだな」

「まさか、内儀と番頭が？」

「番頭を調べたほうがいいかもしれぬな」

「わかりました。では、さっそく」

「わしも内儀のおふじに会ってみよう」

暗闇の中に微かな光が見えたような気がした。


それから半刻（一時間）後、剣一郎は大伝馬町の『伊勢屋』の客間で、内儀のおふじと会っていた。

「青柳さまがいらっしゃるなんて何事かと驚きました」

おふじは小さな口元に笑みを浮かべた。

「たいしたことではない。『万物屋』の勘蔵が殺された件で確かめておかねばならぬことがあってな」

「下手人は捕まったのではありませんか」

おふじは不思議そうにきく。

「そうだ。指物師の与吉だ。こちらにも出入りをしていたようだな」

「はい、何度か仕事を頼んだことがあります」

「そのような男がひと殺しをした。それも相手はやはりここに出入りをしている勘蔵だからな。さぞ驚いたであろう」

「それは驚きました」

おふじは眉根を寄せたが、

「で、確かめておかねばならぬこととは？」

と、すぐに不安そうにきいた。

「商売はそれほど繁盛しているようではなかったが、勘蔵は金回りがよかったらしい。いったい、どこから実入りがあったのか。その調べが抜け落ちていたのだ。それで今になってわしがききまわっている」

剣一郎は苦笑してから、

「何か知らないか」

「いえ、よそさまの商いですし、存じません」

「たとえば箪笥を勘蔵に引き取らせたが、それが高く売れたというようなことはなかったたか」

「いえ、なかったと思います」

「そうか」

剣一郎はあっさり引き下がり、

「ところで主は中風で寝たきりときいたが？」

「はい。ほとんど臥せっております」

「起き上がることは？」

「食事のときに布団の上に体を起こしたり、厠に連れて行くときぐらいです」

「そなたが世話をしているのか」

「ええ。でも、女中が手伝ってくれますので」

　女中任せのような気がした。

「三年前に後添いで入ったと聞いたが？」

「はい。先妻を亡くし、そのあとに私が入りました」

「年がだいぶ離れているようだが？」

「私の実家は下駄屋をやっているのですが、その援助をしてくれるということもあり……」

「好きで後添いになったのではないのか」

「いえ、もちろん旦那さまを支えたいという気持ちは第一にありました」

「伊勢屋に会いたいが？」

「申し訳ございません。みじめな姿を誰にも見せたくないというので、お見舞いもお断りしているのでございます」

「今日は長かったな」

「剣之助さまとお会いし、多恵さまと三人で話し込んでしまいました。京之進さまがいらっしゃっていたようですね」

「ちょっと前に帰った」

京之進から聞いた話を太助に伝え終えたとき、多恵が入ってきた。

「おまえさま、尾崎牧太郎さまとおっしゃるお方がお出でです」

「なに、尾崎牧太郎。行ってくる」

剣一郎はすぐ立ち上がった。

玄関に行くと、着流しに落とし差しの若い武士が立っていた。なるほど、細身の苦み走った顔の男で、旗本の子息という佇まいも窺えるが、目つきや装いからは崩れた感じが否めない。

「青柳さまでございますか。拙者、尾崎牧太郎と申します。柳橋の船宿で、私をお探しと聞いて参上いたしました」

「よく参られた。上がられよ」

剣一郎は促す。

「いえ、天下の青柳さまが私を探していることに驚いて駆けつけた次第。用件さえ伺(うかが)えば、すぐにお暇(いとま)いたします」

「さようか。では、立ったままで」

　剣一郎は式台に下り、

「大庭伊予守さまの奥方にお会いした」

「姉上に」

　牧太郎は眉をひそめ、声を強くした。

「そうか、姉上は青柳さまを使って俺を押さえつけようとしたのか」

「牧太郎どののことを心配されていた」

「俺のことが心配なのではないでしょう。ただ迷惑をかけられることを恐れているだけ。俺はもう勘当(かんどう)されている身なのに」

　自嘲するような笑みを浮かべる。

「そうではない。そなたの身を案じているのだ」

「そういうことでしたか。わかりました」

　牧太郎は引き上げようとした。

「お待ちなさい」

　剣一郎は鋭(するど)く声を放った。

「わしも奥方から頼まれた身。このまま、そなたを帰すわけにはいかぬ」

「私を捕まえますか。何もしていない私を」

「実家の弟御のところにも金をせびりに行っているとか」

「姉のくせに、そこまで言うのか」

牧太郎は不快そうに吐き捨てる。

「まあいい。もう、姉上のところにも弟のところにも顔を出さない。大庭家にも尾崎の家にも近づかないから安心しろとお伝えください」

「柳橋の船宿で会っていた武士はどなたか」

剣一郎はきいた。

「青柳さまに言わねばならぬ謂れはありません」

「では、そなたの住まいを教えてもらいたい」

「茅町一丁目の『花田屋』という惣菜屋の二階に寄宿しています」

「そうそう、肝心なことを。簪はいかがした？」

「簪？」

「奥方の簪だ。あれは大事なものだと」

「あれはもうもらったもの」

そう言い、牧太郎は引き上げて行った。

「青柳さま。なんです、今の侍？」

「旗本の子息だが、素行が悪く勘当されている。姉君がいつか何か仕出かすのではないかと心配して、わしに相談を持ち掛けてきたのだ」

「ずいぶん、崩れていますぜ。なんだか、もう散々悪いことをしてきたという匂いがします」

太助は呆れたように言う。

「あれでは姉君も気を病むわけだ」

剣一郎も嘆いた。


翌日も朝から晴れて、清々しい陽気だ。

剣一郎は太助と共に神田岩本町の花右衛門店の長屋木戸を見通せる場所に立っていた。

五つ（午前八時）を過ぎて、長屋から仕事に出かける男たちが出てくる。その中に、道具箱を肩に担いだ銀助がいた。

剣一郎は銀助の前に出た。銀助はあわてて立ち止まった。

「これは青柳さまで」

剣一郎はおやっと思った。銀助の声は弾んでいるようにも感じられた。

「すまぬが、ひとつ教えてもらいたいことがあるのだ」

「へい、なんなりと」

先日までのおどおどした態度ではない。いったい、どうしたというのかと、剣一郎は訝りながら、

「そなた、浜町堀にある田代播磨守さまの下屋敷の中間部屋で……」

「恐れ入ります。そのとおりです」

銀助はあっさり認めた。

「負けて借金があったのを返済したそうだが、十両以上もの金をどうしたんだ？」

「へえ」

銀助は決まり悪そうに、

「ばれちまいましたか。じつは大負けしまして。なんとか挽回したんですが、それでも負け金は十二両。あっしも困りました。簀巻きにされて川に放り込まれるのはいやですからね」

なぜこんなに落ち着いているのか、剣一郎はますます不審に思った。

「それで恥を忍んで、ある旗本のお殿さまのところに相談に行ったのです。そしたら、お殿さまがあっさり貸してくださったのです」

「十二両もの大金をか」

「はい」

「なぜ、そなたに？」

「以前、お屋敷の修繕をしたことがあり、あっしの仕事ぶりを気に入ってくださったのです。それ以来、何かと目をかけてくださって……」

「なんというお方だ？」

「どうか、お名前はご容赦ください。殿さまからもわしが貸したと誰にも話すなと言われているのです」

「それでは、そなたの話が事実かどうかわからぬではないか」

「事実でございます。どうしても言えと仰いますならば、殿さまにお許しをいただいてからお話しいたします。では、急ぎますので」

銀助は道具箱を担ぎ直して去って行った。

「どうして急にあんなに堂々と……」

太助も呆気にとられていた。

「誰かに入れ知恵をされたのだろう」

剣一郎は憤然と言った。

「勘蔵殺しの中心にどうも『伊勢屋』があるような気もする。念のために、銀助が『伊勢屋』と関わっていないか確かめておかねばならぬな」

剣一郎はそう言い、大伝馬町に足を向けた。

小伝馬町の牢屋敷の近くにやってくると、牢屋敷の門を見つめている女に気づいて、剣一郎は足を止めた。

「青柳さま、どうかしたのですか」

太助が不思議そうにきいた。

「おくみだ」

「えっ」

牢屋敷の前に与吉の許嫁のおくみが立っている。やがて、今日の吟味のために奉行所に呼び出された者たちが数珠つなぎになって、同心たちに連れられて牢屋敷から出てきた。

おくみは一行に目を凝らしている。与吉を探しているのだろう。与吉の吟味は明日の予定だ。いないとわかって、おくみは気落ちした様子で引き上げて行く。その後ろ姿は悲しみに包まれていた。駆け寄って声をかけてやりたかったが、剣一郎はこらえた。まだ、与吉を助ける手立てが見つかっていないのだ。

大伝馬町の『伊勢屋』の前に差しかかると、店先に番頭の孝太郎がいた。

「青柳さま」

孝太郎が近づいてきて、

「ちょうどようございました。内儀さんが青柳さまにお伝えしたいことがあると仰っておりました」

「内儀が？」

「どうか中でお待ちください。内儀さんを呼んでまいりますので」

何かと思って店に入り、剣一郎が土間で待っているとおふじがやってきた。

「青柳さま。じつは勘蔵さんのことで思い出したことがございます」

「何かな」

「勘蔵さんの金回りのよかったわけでございます」

「なんだ？」

「いつだったか、ある浪人の長屋で買い求めた香炉がすぐ大店の旦那さんの目にとまって高値で買ってもらったと喜んでいました。ときたま、掘り出し物に巡り会うのだと、勘蔵さんは言っておりました」

「その浪人と大店の旦那の名はわかるか」

「いえ、聞いておりません」

「しかし、『万物屋』の奉公人はそのような話はしていなかったが」

「なぜ奉公人さんが知らないのかまではわかりません」

「そのような話を、なぜ勘蔵はそなたにしたのだ？」

「たまたま、道具屋ってどのような品物を扱っているのかときいたとき、骨董品を扱うこともあると言っていました。そのときに香炉の話が出たのです」

「誰か、他にその話を聞いたものは？」

「もしかしたらうちの番頭さんが聞いていたかもしれません」

「勘蔵がほんとうのことを喋ったのかどうか」

おふじが嘘をついているのかもしれない。他に誰かいたことを匂わせているのも妙だ。

銀助の借金返済の言い訳と同じようだ。

さらに追及してものらりくらりと先延ばしされてしまう。そのうちに与吉への裁きは下ってしまう……。

「大工の銀助を知っているか」

剣一郎は念のためにきいた。

「銀助ですか。いえ、知りません」

おふじは否定した。

武家の娘らしい若い女と女中が店の奥から出てきた。おふじが若い女に声をかけて見送った。孝太郎も見送りに出てきていた。

「旗本のご息女か」

「はい」

「武家の客も多いのか」

「はい。多くのお屋敷と取り引きをさせていただいております」

「そうか。わかった。また、何か思い出したら教えてくれ」

そう言い、剣一郎は『伊勢屋』を出た。

「太助。おふじを尾けてくれ。誰かの入れ知恵だとしたら、わしとのやりとりをその者に知らせに行くはずだ」

「わかりました」

奉行所に向かって歩きだすと、太助はすっと剣一郎のそばから消えた。

奉行所に出て、剣一郎は宇野清左衛門と会った。

年番方与力の部屋の隣にある小部屋で、ふたりは差し向かいになった。

「私が感じていた疑問に対する答えがきょうになってたちまち得られました」

そう言い、大工の銀助の借金返済の件と、『伊勢屋』のおふじが語った勘蔵の金回りがよかった理由について話した。

「どうも背後に黒幕がいるような気がします。その黒幕がいろいろと指図をしているような気がしてなりません」

「黒幕？」

「まだ、はっきりしません。しかし、大工の銀助が金を貸してくれたのが旗本だと口にしたことがひっかかります。また、『伊勢屋』は数々の旗本とも取り引きがあるようです」

「背後に旗本がいると」

「証があるわけではありませんが」

「そうか」

清左衛門は表情を曇(くも)らせた。

「これが与吉の捕縛(ほばく)前であればじっくり探索を続けられるのだが、もはやいつまでも与吉の裁きを延ばすわけにはいかぬ」

「与吉が罠にかけられたという確かな証が見つからなかった以上、やはり、今のままお奉行によるお裁きへと進むしかありません」

剣一郎は苦渋(くじゅう)の表情を浮かべた。

三

夜になって、剣一郎は茅町一丁目の『花田屋』という惣菜屋を訪ねた。

「尾崎牧太郎どのはおられるか」

剣一郎は大戸を閉めかけている亭主に声をかけた。

「尾崎さまはここのところお帰りになりませんなぁ」

「帰っていないのか」

「はい」

「どこにいるかわからぬか」

「どうせ、女のところでしょう」

「女とは？」

「さぁ、そこまでは……」

「そうか。邪魔をした」

剣一郎は柳橋の船宿『船十』に行った。

先日の女将に、

「尾崎牧太郎どのはきょうは顔を出しているか」

「いえ、いらっしゃっていません。青柳さまのことはお知らせしておきましたけど」

「うむ。昨夜、屋敷に来た。そのとき、ききそびれたことがあったのでな」

「さいでございますか」

「邪魔をした」

剣一郎は船宿を出た。

浅草御門(あさくさごもん)のほうに歩いて行くと、あとを尾けてくる気配があった。剣一郎はそのまま浅草御門を抜け、相手を誘うように柳原(やなぎわら)の土手に向かった。

道を照らす灯りなどはなく、辺りは闇に包まれているが、星明かりで視界は利いた。土手に上がり、新シ橋のほうに歩いていくと、背後から殺気が立ち上った。

土を蹴る音。剣一郎は十分に引き付ける。相手が迫った。剣一郎は振り向きざまに抜刀し、相手の剣を払った。

前のめりになった相手は数歩先で踏ん張り、振り向いた。覆面をしている。

「何者だ。南町奉行所与力、青柳剣一郎と知ってのことか」

剣一郎は正眼に構えて問うた。

相手は無言で脇構えからまたも突進してきた。剣一郎は襲いかかった相手の剣を鎬でしっかと受け止め、覆面の中の顔を覗き込んだ。細い目が見えた。背格好は似ていたが、尾崎牧太郎ではない。

剣一郎は相手を押し返す。相手も渾身の力を込めてきた瞬間、後ろに飛び退きながら剣を下げた。相手は体勢を崩してよろけた。その隙をとらえて、峰を返して相手の肩をしたたかに打ちつけた。

覆面の男は微かに呻いて膝をついた。剣一郎はその侍の喉元に切っ先を突き付け、

「覆面をとるのだ。誰に頼まれた?」

と、迫った。

侍はじっとしている。

「とらぬならわしが」

剣一郎が覆面に手をかけようとしたとき、暗闇から別の殺気が迫ってきた。剣一郎は振り向いて迫る相手の剣を弾く。相手はそのまま行き過ぎ、途中で立ち止まって振り返った。こちらも黒い布で面を覆っている。しばらく睨み合っていたが、いきなり相手は踵を返して走り去った。

その間に、うずくまっていた侍も暗闇に姿を消していた。

あとから襲ってきたのは尾崎牧太郎のような気がした。剣一郎は剣を鞘に納め、ゆっくりその場を離れた。

夜風がわずかに汗をかいた背中に当たり、体を冷やした。


八丁堀の屋敷に帰ってほどなく京之進がやってきた。

「医者の源安に会ってきました。源安が言うには『伊勢屋』の主人は体は痩せ細り、幽鬼のような姿だそうです」

「幽鬼？」

「先は長くないという診立てです。しかし」

京之進は息を継いで、

「源安の素振りがおかしいので、少し脅かしてみました。悪い噂もあったので、それを持ち出して」

京之進は顔をしかめ、

「すると、源安は妙なことを言いました。源安は遠くから主人の様子を窺っただけで、直に主人を診ていないようです」

「どういうことだ?」

「ただ形だけの診断で、薬礼をたんまりもらっていたようです」

「では、『伊勢屋』は主人を医者に見せていないと言うのか」

「いいえ。源安が言うには、もうひとり医者が来ているようだと」

「もうひとりの医者?」

「ええ。内儀が言っていたそうです。御目見得医師がときたま診てくれる。だから、源安には様子だけ見てくれればいいと」

「不可解だな」

剣一郎は首を傾げた。

「今は仮定の話としたが、実のところ、与吉が無罪であるかどうかは？」

清左衛門はきいた。

「残念ながら私の想像を裏付けるものはありません。そして、与吉の無実を示す証は何も……」

「では、どうするのだ？」

清左衛門は焦ったようにきく。

「このままでは、手立てがありません」

「これは青柳どのの言葉とは思えぬ。与吉を助けることは出来ぬと言うのか」

清左衛門が語気を強めた。

「与吉の犯行ということで落着（らくちゃく）させるのか」

左門が冷たく言い放つ。

「もはや、それしかない」

剣一郎は覚悟を決めたように言う。

「青痣（あおあざ）与力の敗北か。まるで、目付である辻村十郎佐さまに遠慮したようにしか思えぬ」

左門が吐きすてる。

「青柳どのがそう言うのだから、やはり与吉の犯行に間違いないのであろう」

清左衛門は気持ちを切り換えるように言う。

「与吉が真の下手人であれば、吟味方与力としては面倒がなくていい。このまま吟味を続けてもいいのだな」

「構わぬ」

「今日、罪を認めなければ拷問(ごうもん)にかけるしかない。与吉はひとたまりもないだろう」

左門はやりきれないように言う。

「気がかりはおくみという娘。与吉が処刑されたと知ったら、あとを追って死を選ぶ恐れがあります。なんとしてでも阻止しなければなりません」

剣一郎は不安を口にし、

「宇野さまにお願いがございます。牢屋敷から連れてこられたら、与吉とふたりきりで話をしたいのです」

「わかった。そのように手配しよう」

「ありがとうございます」

剣一郎は頭を下げた。

「結局、大山鳴動して鼠一匹ということか」

左門が皮肉を言った。

奉行所の門を入った左手に、牢屋敷から呼び出された者が吟味を待つ仮牢がある。

剣一郎はそこに入って行き、呼び出された者を護送してきた牢屋同心の詰所に顔を出した。

「青柳さま」

牢屋同心が立ち上がってきた。

「与吉を頼む」

「はっ」

牢屋同心は仮牢に向かった。

仮牢の隅で待っていると、牢屋同心が与吉を連れてきた。顔は青白く、不精髭が伸びて目に生気はなかった。

剣一郎は上がり框に腰を下ろしたまま、

「与吉だな」

と、確かめた。

「はい」

「おくみから勘蔵殺しについて探索を頼まれ、もう一度調べ直した。なれど、そなたが無実と信じるに足る証は見つからなかった」

牢屋同心が聞き耳を立てているのがわかった。

「もはや、そなたに逃れる術はない。今日の吟味で罪を認めなければ、日を改めて拷問にかけられる」

剣一郎が言うと、与吉は口をわななかせた。

「あっしはもう諦めました」

与吉はやっと声を発した。

「与吉、わしが心配しているのはおくみのことだ。そなたのあとを追うかもしれぬ。なんとしてでも思い止まらせたい。それにはそなたの力が要る」

「おくみを助けてください。おくみだけには生きていてもらいたい」

与吉の頬を涙が伝った。

「そのためには、これからわしの言うとおりにするのだ。よいな」

「はい」

与吉は真っ赤な目でうなずいた。

「よし。黙って聞け」

剣一郎は牢屋同心に聞こえないように前屈みになって与吉の耳元に口を寄せ、小声でいっきに話した。与吉は黙って聞いていた。

剣一郎は体を起こし、

「与吉、今言ったとおりのことをおくみに伝えておく」

「はい。どうかお願いいたします。おくみを守ってください」

「約束しよう。わしの言葉、忘れるでない」

「はい」

与吉は涙を流しながら深々と頭を下げた。

剣一郎はそれから半刻後にはじまった与吉の吟味の様子を見るために、前回と同じように詮議所の襖の外に立った。

下男に縄尻をとられて与吉がお白洲に入ってきた。

「それではきょうは最後の取り調べとなる」

左門が厳かな声で与吉に声をかけた。

「あっしです。あっしがやりました」

いきなり与吉が大声で訴えた。

「『万物屋』の主人勘蔵を殺したことを認めるのか」

左門が確かめる。

「そうです。あっしがやりました」

「これまで、あれほど否認していたではないか。なぜ、きょうになって罪を認めるのだ？」

「もう疲れました」

「疲れた？」

「はい。こうなったのも定めでございます」

剣一郎は与吉の声を聞いて、その場を離れた。

このあと、与吉は口書爪印をとられる。自白したという調書だ。この書類は例繰方からお奉行に渡り、お奉行がお白洲で最後に取り調べをする。

剣一郎は奉行所を出た。向かう先は牢屋奉行、石出帯刀の屋敷だった。

四

雨が降ったらしく、道は濡れていた。秋の時雨だ。数寄屋橋御門を抜けて、お濠に目をやる。水に浮かんだ木の葉や、風に微かに揺れる柳の小枝。みなどこか物悲しげに映るのは、これから会うおくみのことが頭にあるせいだろうか。

秋の日の暮れるのは早く、日本橋高砂町に着いた頃には、辺りは暗くなっていた。十郎兵衛店の長屋木戸を入り、おくみの住まいへ行く。

腰高障子を開けて、ごめんと声をかける。

四十半ばと思える男が上がり框に腰を下ろし、足を濯いでいた。

「ちょっと待ってくだせえ。今、終わるから」

男は言い、足を拭いて、歩みを確かめるようにゆっくり歩いていき、盥の水を流しにこぼした。その間、剣一郎は戸口で待った。

「すまねえ。体が言うことを聞いてくれねえもんで……」

男はそう言い、部屋に上がって改めて剣一郎を迎えた。

「どちらさまで」

「南町の青柳剣一郎と申す」

　剣一郎は編笠をとって名乗る。

「あ、青柳さまですか。これは失礼いたしました」

「おくみの父親か」

「へい。留吉でございます。このたびはおくみの頼みを聞き入れてくださり、ありがたく思っております。与吉がいつ帰ってきてもいいように、毎日、おくみは与吉の部屋を掃除しております」

「そうか。おくみは？」

「へえ。たぶん、近くのお稲荷(いなり)さんかと。朝夕、与吉が帰ってくるのを祈願しているんです」

「そうか」

　剣一郎は胸が痛んだ。

「青柳さま。与吉はほんとうに無罪になって帰ってこられるのでしょうか。おくみは青柳さまが引き受けてくれたから必ず戻ってくると信じていますが、あっしは心配で」

　留吉は目をしょぼつかせた。

「おくみの母親は？」

剣一郎は話を逸(そ)らした。

「おくみが七歳のときに流行(はや)り病で」

「そうか。おくみは遅いな。ちょっと稲荷まで行ってみよう」

「もう戻ってくると思いますが」

剣一郎は外に出た。

まず、おくみから先に話さねばならないと思った。

長屋木戸を出て、隣町にある稲荷社に向かった。すると、鳥居から出て来るおくみが見えた。

剣一郎は編笠を外しておくみに近づいた。

「青柳さま」

おくみも気づいて駆け寄ってきた。

「与吉さん、どうなりましたか」

「境内(けいだい)に入ろう」

剣一郎は朱(あか)い鳥居をくぐった。正面に小さな祠(ほこら)があった。その脇を通り、植込みのほうに行ってから、剣一郎はおくみに告げた。

「今日の吟味で、与吉が罪を認めた」

「………」

おくみの顔から表情が消えた。

「与吉が自白をしたのだ」

「嘘」

おくみが叫んだ。

「与吉さんは殺していません。自白なんてありえません」

おくみは力を失ったように崩れ落ち、地に手をついて慟哭しはじめた。

「昼間、与吉に会ってきた。与吉はそなたのことを心配していた。自分がどんなことになろうが、そなたには仕合わせになってもらいたいと」

剣一郎はおくみのそばにしゃがみこみ、諭すような口調で言った。

「青柳さまは与吉さんを助けてくれると約束してくれたではありませんか」

おくみは恨みのこもった目を向けた。

「わしの力不足であった」

「青柳さまは約束してくださいました。まわりのひとも、青柳さまが引き受けてくれたなら絶対にだいじょうぶだと言ってました」

剣一郎が与吉を無罪にすると約束したと思い込んでいる。おくみの言葉が剣一郎の胸につき刺さる。

「おくみ、よいか。何があろうとばかな考えを起こすではない」

「私は与吉さんのいない世の中に未練はありません」

「そんなことを言うと、与吉が嘆く。そなたに宛てて文を認めると、与吉は言っていた。それを読んで欲しいと伝えてくれと」

「…………」

「留吉が心配する。帰ろう」

「いえ、放っておいてください」

「ならぬ、さあ」

剣一郎は強く言い、おくみを抱えるようにして長屋に戻った。

「おくみ、どうしたんだ？」

留吉がおくみの顔を見て声をかけた。

「じつは、与吉が罪を認めたのだ」

「なんですって。そんなばかな」

留吉も叫ぶように、

「与吉がひと殺しなんかするはずねえ。やってもいないことを認めるなんておかしい。自白をするように迫られたんだ」

いったん部屋に上がったおくみだが、すぐ土間に下り、剣一郎の脇をすり抜けた。

「どこへ行くんだ」

留吉が叫ぶ。

おくみは何も言葉を返すことなく外に出ていった。

すぐに、隣の戸が開く音がした。

「与吉の部屋か」

「そうです」

留吉は震える声で、

「与吉はどうなるんですか。罪を認めたってことは、もう死罪に……」

「留吉。おくみが心配だ。ばかな考えを持たないように注意をしておくのだ。よいか」

「へえ」

留吉は恨みがましい目を向け、

「青柳さまでも無理だとわかってました。世間が讃えるようなお方なんているはずないと、あっしは最初から思っていましたから」

と、厭味を言った。

「死罪の者の亡骸を引き取ることは出来ぬが、なんとかおくみのもとに返すように計らう。与吉の亡骸が戻ったら、供養をしてやるように。そう伝えてもらいたい。おくみのことを頼んだ」

剣一郎は外に出た。隣の部屋の戸に手をかけたが、思い止まった。何を言っても無駄だと思い、戸から離れた。

大家の嘉兵衛の家に寄り、同じことを告げた。

「青柳さまでも手に負えないことがあったのですね」

嘉兵衛は悄然と言う。

「ともかく、おくみのことを頼んだ」

「言われなくても、ちゃんと見ています。あとは私らにお任せください」

反感を滲ませて、嘉兵衛は吐き捨てるように言った。

剣一郎は重たい足取りで帰途についた。

ふつか後、与吉に対するお奉行のお調べがあった。お奉行が与吉の自白を確認し、取り調べは終わった。

裁きは例繰方が過去の事例を参考に案を作る。御用部屋手付は死罪を申しつける内容の書類を作り、翌日お奉行が登城した際に、老中に渡されるのだ。

将軍の裁可を受けて、さらにその翌日にお奉行の手に戻った。

八つ（午後二時）に下城したお奉行から最後の裁可を得た書類は、吟味方与力の橋尾左門の手に渡った。

刑の執行のために小伝馬町の牢屋敷に向かう左門を、剣一郎は門の外まで見送った。

小伝馬町牢屋敷内にある刑場に与吉を呼び出し、牢屋奉行石出帯刀や牢屋同心の立会いのもと、吟味方与力の左門が与吉に死罪を宣告し、即刻斬首される。

その夜、剣一郎は八丁堀の屋敷で静かに過ごした。

「おまえさま」

多恵が声をかけた。

「今夜は与吉さんが……」

「言うな」

剣一郎は制した。

「考えたくないお気持ちもわかりますが、おくみさんのことが気になって仕方ありません。いかがなさるおつもりでしょうか」

「おくみはわしを恨んでいるようだ。冷たいようにきこえるだろうが、わしに出来ることはない。父親の留吉や大家をはじめとする長屋の住人に頼るしかない」

剣一郎は静かに言う。

「燗をつけましょうか」

多恵が気を利かせてくれた。

「いや。いい」

剣一郎は首を横に振った。

五つ半（午後九時）を過ぎたころ、庭先にひとの気配がした。

「太助か」

「はい」

剣一郎は立ち上がって濡縁に出た。

「いかがであった？」

「おくみは与吉の住まいに閉じ籠もり切りです。留吉や大家が声をかけても出てこようとはしません」

「そうか」

剣一郎の胸が痛んだ。

「時が解決してくれる。それを待つしかない。これからも、暇のあるときには、おくみの様子を見てやってくれぬか」

「へい」

「それより、銀助はどうだった？」

「与吉が今夜、首を刎ねられると言ったら、一瞬顔をしかめましたが、そのまま呑み屋の暖簾をくぐっていきました。しばらく様子を窺っていましたが、酒をがぶ呑みしていました」

「どうやら疚しい気持ちはあるようだな。番頭の孝太郎は？」

「与吉のことなど関係ないと怒っていました。やっぱり、気にしているようです」

太助は言ったあとで、

「それより、妙なことがわかりました」

と、身を乗り出した。

「お駒という女中にも与吉のことを話そうとして料理屋の前で待っていたんです。そしたら、尾崎牧太郎って侍に声をかけられました」

「尾崎牧太郎？」

「はい。おまえは青痣与力の手の者だな、こんなところで何をしているのだと問われ、お駒に伝えたいことがあるというと、それ以上は何も言わずに去っていきました」

「牧太郎は何をしていたのだ？」

「わかりません」

「で、お駒と会ったのか」

「それが出て来なかったんです。それで、お店に行ってみたら、女中頭が今夜は裏口から帰ったと」

「そなたがいることを知ってか」

「そうだと思います。たぶん、尾崎牧太郎が知らせたのでは……」

「お駒と尾崎牧太郎か」

剣一郎は呟いた。

「気になるな」

先日、柳原の土手で襲ってきた覆面の武士。あとから助けに入ったのが尾崎牧太郎のようだった。

「よし。明日、お駒に会ってみよう」

「はい」

襖が開いて、多恵が入ってきた。

「まあ、太助さん、いらっしゃっていたのね。おまえさま、左門どのが玄関にいらっしゃいました」

いつもなら黙って部屋に入ってくるのだが……。剣一郎は左門の思いを察して玄関に出て行った。

「今、小伝馬町から帰った。無事済んだ」

左門は言った。

「ごくろうだった」

「では」

「うむ」

会話は要らなかった。左門の強い目の光だけで十分だった。

翌朝、出仕した剣一郎は宇野清左衛門の小部屋で向かい合った。

「無事、済んだそうだな」

清左衛門がほっとしたように言う。

ここでもあまり会話は弾まなかった。ただ、無言で向かい合っていても、お互いに相手の胸中を悟ることが出来た。

「それでは私は」

剣一郎は腰を上げた。

「うむ」

清左衛門も立ち上がった。

剣一郎はいったん与力部屋に行き、それから外出をした。


半刻後に、剣一郎は薬研堀の料理屋『名月』を訪れ、帳場の奥にある部屋で、女中お駒と差し向かった。

「昨夜、与吉の刑が執り行なわれた」

剣一郎が口にしたが、

「そうですか」

と言っただけで、お駒に手応えはなかった。

「何も感じないか」

「だって、与吉さんのこと、あまり知らないですもの」

「そうだったな。殺された勘蔵と親しかったのだな」

「親しいというような仲ではありませんが……」

「そうそう、勘蔵からいろいろ贈り物をしてもらっていたそうだな」

「ええ」

「中に簪があったとか」

「まだ、何か調べているのですか」

お駒は怪訝そうにきいた。

「いや、別件だ」

「別件？」

「そうだ。で、簪ももらったのか」

「ええ」

「今している銀の簪は？」

髷の後ろに斜めに挿している銀の平打簪を指差した。

「これは違います」

お駒は手を簪にあてて言う。

「違うというのは？」

「勘蔵さんからもらったものではありません」

「もしいやでなかったら、それを見せてくれぬか」

「なぜ、ですか」

「じつはある女子が、銀の簪を勘蔵に貸したまま返してもらっていないというのだ。念のために調べたい」

「でも、私はそんなものを勘蔵さんからもらってませんよ」

お駒は顔をしかめた。

「しかし、先ほどは簪ももらったと言っていたはずだが」

「…………」

「ちょっと見せてもらうだけだ」

「わかりました」

お駒は渋々、簪を引き抜いた。

剣一郎は懐紙を広げてそこに受け取った。花の形に透かし彫りで小さな草花の文様がある。

「かなりの上物のようだな」

「………」

「すまなかった」

剣一郎は簪を返した。

お駒は黙って受け取り、再び後ろ挿しにした。

「もう、よろしいですか」

「もうひとつ」

剣一郎は言い、

「そなたは尾崎牧太郎という侍を知っているか」

「………」

お駒の目が微かに泳いだ。

「どうだ?」

「いえ」

「知らないか」

「はい」

お駒は緊張した声で言う。

「そうか。じつはきょうそなたに会いに来たのは気になったことがあってな」

剣一郎はわざとらしく顔をしかめた。

「なんでしょう」

お駒が真顔になった。

「うむ」

わざと難しい顔をし、剣一郎は間をとった。

「青柳さま、なんですか」

お駒が焦れたようにきいた。

「昨夜の死罪の様子だが……罪人は面紙といってな、目を紙でおおって首を刎ねられるのだが、与吉は面紙をしなかった」

「……………」

お駒の表情が強張った。

「このようなことは外の者に言うべきではないのだが、一応伝えておいたほうがいいと思って話すのだが……」

剣一郎は間を置いて続けた。

「首を刎ねられる直前、与吉はお白洲で証言した連中に祟ってやると叫んだそうだ。首が落ちたあともその声が聞こえていたと立会いの役人が言っていた」

「…………」

「与吉は強い恨みを残して死んでいった」

「そんな……」

「いや、邪魔した」

茫然としているお駒を残して、剣一郎は立ち上がった。

剣一郎は大伝馬町の『伊勢屋』に行った。

番頭の孝太郎を店の外に誘いだして、お駒に告げたのと同じことを言う。

「昨夜、小伝馬町の牢屋敷で与吉が死罪になった。与吉は辺りを睨めつけながら、祟ってやると叫んだそうだ。逆恨みだとしても、与吉は恨みを残して死んでいった」

「ばかな」

孝太郎は笑った。

「祟りだなんて、あり得ません」

「わしもそう思うが、なにしろ凄惨な斬首だったらしい」

「わざわざお知らせいただきありがとうございます。私は怨霊など信じないので……」

孝太郎は余裕を見せた。

「それなら安心だ」

剣一郎は言い、孝太郎と別れた。

それから、神田須田町の普請場に、大工の銀助を訪ねた。

剣一郎は休憩に入るのを待って、銀助を空き地の隅に連れて行き、やはり同じことを口にした。

「昨夜、小伝馬町の牢屋敷で与吉は首を刎ねられた。面紙もせず、凄まじい形相で叫んだそうだ。お白洲で証言したものに祟ってやると」

「…………」

銀助は顔色を変えた。

「もちろん、逆恨みだ。だが、与吉は怨嗟を残して死んでいった……」

剣一郎は話を止め、体が硬直したように突っ立っている銀助に、

「どうした？」

と、声をかけた。

「祟りだなんて……」

銀助はやっと声を出した。

「疚しいことがなければ恐れることはない」

剣一郎は銀助と別れた。

五

剣一郎は神田須田町から茅町一丁目に向かった。

浅草御門を抜けて茅町一丁目に入る。惣菜屋の『花田屋』の前にやってきた。

先日の亭主が客の相手をしていた。そろそろ夕餉の支度で混みだしそうだった。

客が引き上げてから、

「今日は尾崎牧太郎どのはおられるか」

と、剣一郎は亭主に声をかけた。

「さっき帰ってきました。また、出かけると言ってました。少々、お待ちください」

亭主は奥に入った。すぐ戻ってきて、

「浅草橋の袂でお待ちくださいとのことでした」

「わかった、では、そこで待つと伝えてくれ」

「はい」

剣一郎は来た道を浅草御門のほうに戻った。橋の欄干から少し離れた川の縁に立った。

橋を行き交うひとは多い。剣一郎は待った。

陽が西の空に沈もうとしていた。秋の夕暮れが、剣一郎を物悲しい気持ちにさせた。二十年ほど前にたったひとりの兄を亡くしたときの悲しみと悔しさを思い出した。今、おくみはあのときの自分と同じか、それ以上の悲嘆に暮れているに違いない。おくみを慰めることも出来ないのがもどかしかった。

ふと目を上げると、尾崎牧太郎の姿が遠くに見えた。

剣一郎は感傷を振り払い、牧太郎を待った。

牧太郎が目の前にやってきた。

「私に何か用ですか」

牧太郎はいきなり口を開いた。

「薬研堀の料理屋『名月』の女中お駒をご存じか」

「『名月』には上がったことがあるので、顔は知っています」

「親しい仲では？」

「男と女の関係という意味ですか。そんな仲ではありません」

牧太郎は否定する。

「お駒は銀の平打簪を持っていた。かなりの上物。牧太郎どのの姉上が持っていた簪に似ているが」

「私が上げたというのですか」

牧太郎は口元を歪めた。

「違うのか」

「違います」

「しかし、料理屋の女中には分不相応な品だった」

「金持ちの馴染み客からもらったのでしょう。私とは関係ありません」

「なぜ、お駒との関係を否定するのか」

「………」

「そなたも独り身。さらに勘当された身。誰と付き合おうが誰にも文句を言われる筋合いはないはずだが」

「関係ないからそう言っているまで」

「そうか。明日、昼前に谷中の善照寺に大庭さまの奥方が参られるとのこと。お会いして、簪の文様を詳しく聞いて照合してみる。それによって、奥方のものかどうかわかるだろう」

「なぜ、そんなに簪にこだわるのですか？」

「あの簪は義母上の形見なので取り返したいそうだ。もし、あれが奥方のものであれば、お駒を問いつめ、誰から手に入れたかを問い質す」

剣一郎は簪にかこつけているが、実際はお駒と牧太郎の仲をはっきりさせるつもりだった。

「そうそう、先日、柳原の土手で武士に襲撃された。そなたに思い当たることはないか」

「なんのことかわかりませぬ」

「そうか。その中のひとりは背格好がそなたに似ていたのだ」

「ばかばかしい」

牧太郎は吐き捨てた。

「柳橋の船宿で会っていた武士がどなたか教えてはくださらぬか」

「私事です。教える謂れはありません」

「そうか。お引き止めした」

剣一郎は話し合いの終了を宣した。

「最前のことですが」

牧太郎が口を開いた。

「簪が戻れば、お駒から手を引くおつもりがあるのか」

「おや、ふたりの仲を認めたのか」

「違う。『名月』で会うだけです。だから、義理もなにもないが、簪のことで責められたら可哀(かわい)そうだと思っただけです」

「お駒が持っているものがこっちが探している簪かどうかわからない。明日、善照寺に行ってからだ。では」

剣一郎は牧太郎を残して橋に向かった。背後に凄まじい殺気を感じた。剣一郎は足を止めた。

やがて、殺気が消えた。剣一郎はゆっくり歩き出した。

種はまくことが出来た。

浜町堀に差しかかり、剣一郎は高砂町に足を向けた。

長屋木戸を入り、おくみの家の腰高障子を開けた。部屋の真ん中でおくみが悄然と座っていた。

剣一郎は土間に入り、

「おくみ」

と、声をかけた。

しかし、おくみは聞こえなかったのか、まだ虚空(こくう)を見つめている。

もう一度、声をかけた。

やっと、おくみは顔を向けた。虚ろな目に生気はなかった。

やがて、おくみの表情が歪んできた。

「与吉さんを返して」

いきなり、おくみが叫んだ。

「返して」

また、叫ぶ。

「おくみ、気持ちはわかる。だが、酷なようだが、現実を受け止めねばならぬ」

「なぜ、助けてくれなかったのですか」

おくみは声を荒らげた。

「おくみ」

剣一郎は強く言い、

「おくみ。与吉の亡骸はいずれここに連れてくる。まず、ちゃんと供養してやるのだ。それがそなたの務めだ」

と、諭した。

だが、剣一郎の気持ちはおくみに届くはずはなかった。

「帰って。帰ってください」

おくみは目をつり上げて叫んだ。

背後にひとの気配がした。

「どうか、お帰りください」

父親の留吉だった。

「わかった」

剣一郎がおくみをもう一度見ると、畳に突っ伏して泣いていた。

「おくみを頼む」

剣一郎はそう言い、土間を出た。

長屋の住人が外に出てきて、冷たい目で剣一郎を見ていた。

剣一郎はいたたまれない思いで長屋をあとにした。


その夜、八丁堀の屋敷に太助と京之進がやってきた。

「青柳さま。『伊勢屋』の主人には本郷の商家に嫁いでいる妹がおりました。その妹に会ってきました」

京之進から説明をはじめた。

「妹の話によると、やはり兄には会わせてもらっていないというのです。兄がやつれた姿を見られたくないと拒んでいるということで」

「やはり、そうか」

「それより、妹が不穏なことを……」

京之進は身を乗り出すようにして、

「兄はすでに死んでいるのではないかと」

「なに、すでに死んでいる?」

「はい。何か悪い予感がすると」

「しかし、医者の源安は診断はしていなくとも、臥せっている主人の姿は見ている」

「はい」

「まさか、源安も嘘を……」

剣一郎は首をひねった。

「ひょっとして、勘蔵は主人が死んでいるのを知って、そのことで強請を？」

京之進が想像を口にした。

「十分に考えられる」

剣一郎は唸(うな)った。

「いらなくなった簞笥を売り払うために勘蔵を家に呼んだ。その勘蔵がたまたま主人が臥せっている部屋に入り込んで……」

京之進の想像を、剣一郎は途中で遮(さえぎ)った。

「それで、主人が死んでいることに気づくだろうか。内儀のおふじのほうはあまりにも不用心過ぎないか」

剣一郎の疑問に、京之進も迷ったような顔をした。

「ともかく、主人がどのような状況にあるか確かめることが先決だ。やはり、そなたが言うように強引に押し入るしかないか。『伊勢屋』で商売上のもめごとがあれば、それをとっかかりに出来るのだが」

「急を要します。事件をでっちあげては？」

「でっちあげ？」

「はい。たとえば、捕まえた盗人が『伊勢屋』の奥で男が死んでいるのを見たと白状したと」

「一度、そういうやり方をすると、何度でも同じことを繰り返すことになる。安易で強引なやり方は承服出来ぬ」

剣一郎はあくまでも正攻法で進めるべきだと思った。が、京之進の言うように緊急の事態である。もし、主人が生きているとしても、早く助けないと手遅れになりかねない。

「やはり、主人の妹の手を借りよう。兄にどうしても会わなくてはならないと申し入れさせるのだ」

「はい。早速明日にでも」

京之進は応じた。

「太助のほうはどうだ?」

剣一郎は顔を向けた。

「同業の木綿問屋から聞いてきましたが、『伊勢屋』は御目付の辻村十郎佐さまのおかげで多くの旗本と取り引きが出来るようになったとやっかんでいました」

「どうやら、単に内儀のおふじと睦み合う関係だけでなく、『伊勢屋』の商売にも辻村家が加担しているのかもしれぬな。いずれにしろ、主人の生死だ」

剣一郎はまず、そのことに探索を集中させることにした。

そして、太助に声をかける。はたして、まいた種は実を結ぶのだろうか。

「明日、頼んだ」

「へい」

太助は張り切って胸を叩いた。

翌日、剣一郎は不忍池(しのばずのいけ)の東岸を通って谷中に向かった。薄曇りの空からときおり雨がぱらついたが、善照寺の山門が見えてきた頃には雲もすっかり晴れていた。

途中、怪しい影はなかった。剣一郎は山門への石段を上った。途中で、思わず頬を緩めた。

山門の両脇から殺気がする。剣一郎はそのまま石段を上がり、山門をくぐった。

その刹那、両脇から同時に剣が振り下ろされた。剣一郎は素早く剣を抜き、まず左から襲ってきた賊の剣を弾き、振り向きながら右からの剣を払った。前回とは別のふたりだ。

「何奴だ。南町与力青柳剣一郎と知ってのことか」

剣一郎は正眼に構えて問い質す。ふたりとも覆面をしていた。

いきなり、ひとりが斬り込んできた。剣一郎は身を翻して避け、襲ってきたもうひとりの剣を払い、相手の右の二の腕に切っ先を向けた。相手はあわてての け反った。

「暗殺は初手が勝負だ。もはや、おぬしたちはわしを倒せぬ」

剣一郎が剣をぐいと突き出すと、ふたりは後ずさり、いきなり山門を飛び出し、石段を駆け下りた。

剣一郎は刀を鞘に納め、辺りを見回す。どこかに尾崎牧太郎がいるに違いない。鐘楼の背後から視線を感じた。

剣一郎が鐘楼に向かうと、立ち去る影があった。剣一郎が着いたとき、すでに脇門のほうに消えていた。

庫裏(くり)のほうから住職らしい僧衣(そうえ)姿の男が出てきた。

「何事でございましょう」

住職がきいた。

「お騒がせしました。ならず者がなにやら因縁(いんねん)をつけてきまして。もう逃げていきましたので、心配はいりません」

剣一郎は編笠をとって応じた。

「青柳さまでしたか」

住職は意外そうな顔で、

「最前、お侍がひとり、今日は大庭さまの奥方はお越しではないのかときいてこられました。その予定はないというと、舌打ちされていました」

「どんな感じでしたか」

「二十六、七の細身で苦み走った顔をしておりました」

やはり尾崎牧太郎だ。

剣一郎は住職に挨拶(あいさつ)をして寺を引き上げた。

来た道を戻り、不忍池の東岸を通って下谷広小路に出て御成道を筋違橋に近づいたとき、太助が橋の向こうからやってきた。

「ご無事でよかったです」

太助はほっとした表情を浮かべ、

「ふたりとも、駿河台にある辻村さまの屋敷に入って行きました」

「ごくろうだった」

おぼろげながら敵の正体が見えつつあったが、乗り越えなければならない壁はまだ高くそびえていると、剣一郎は気を引き締め直した。

第三章　亡霊

一

今日も日が暮れようとしていた。おくみは浜町堀の堀端に来ていた。草木は枯れはじめ、堀の水も流れを止め、沈む夕陽はこれからおくみを暗い闇の中に放り出そうとしているようだ。

すべてが虚しかった。こんなにも泣けるものかと思うほどさんざん泣いて、涙を出し切った。

与吉とは幼なじみで、よく遊んでもらった。与吉は十三のときに指物師の親方のところに住み込んだ。

内弟子となって十年になる三年前に、与吉は親方の家を出て、隣に引っ越してきた。

与吉は一人前の指物師になっていた。律儀でやさしかった。ふたりの仲はすぐに狭まり、気がついたとき、与吉はおくみにとってかけがえのない存在になっていた。与吉もおくみを大事にしてくれた。

おとっつあんも与吉を気に入っていて、大家さんも喜んでくれて、来春には祝言を挙げることになっていた。

ただ、晴れた空に浮かぶ一点の雲のような不安が、与吉が仕事で世話になっている道具屋の勘蔵だった。

勘蔵はおくみの体をなめまわすように見て、俺の方が金の心配はせずに済むと囁いてきたこともあった。おくみがきっと睨むと、冗談だと笑った。

当然気持ちのよいものではなかったが、それ以上何かしてくるわけではないので、与吉には言えなかった。

一度、与吉に訊ねたことがある。

「道具屋の勘蔵さんに、そんなに世話になっているの」

「勘蔵さんからも仕事をもらうけど、『伊勢屋』さんに出入り出来るようになったのは勘蔵さんのおかげなんだ」

与吉は勘蔵を信じきっていた。

だから、よけいに勘蔵の無気味さを口には出来なかった。

その勘蔵が殺された。下手人は与吉だという。そんなことはあり得ない。すぐに、間違いだとわかるはずだと思っていたら、与吉の長屋から血のついた包丁が見つかった。

そんなばかなことはない。これは何かの間違いだ。誰かが与吉を罠にはめて、下手人に仕立てたのだと思った。

吟味で必ず真相は明らかになる。そう考えていたが、与吉による犯行であることを示す証言が次から次へと出てくる。そして、そのまま吟味が進められていた。

悲嘆に暮れていたとき、大家さんが青痣与力の話をしてくれたのだ。

「青柳さまは正義と真実のお方だ。これまでにも町廻り同心の手に負えない事件を何度も解決させてきた。与吉の事件には青柳さまは関わっていない。青柳さまが調べてくれたら、必ず真相が明らかになる」

大家さんの熱い訴えに、おくみの心は動いた。おくみも青痣与力の評判は耳にしていた。あのお方のおかげで江戸の平和が保たれている。多くのひとがそう口々に言っている。

意を決して、おくみは南町奉行所を訪ねた。だが、青痣与力は町廻りに出ているという。数寄屋橋御門で青痣与力を待った。

青痣与力はおくみの訴えを聞いてくれた。そして、与吉を助けると言ったのだ。

青痣与力が動いてくれた。もう安心だと、大家さんも喜んでくれた。

だが、結果は惨めだった。

与吉はやってもいないはずの罪を自白させられ、処刑された。おくみはまた悲しみが胸の底から込み上げてきた。与吉のいない世の中に何の未練もなかった。病で亡くなったのだとしても、愛する者を喪えば悲嘆は大きいが、与吉はひと殺しの汚名を着せられたまま死んでいったのだ。

ふつうなら死罪となった亡骸は身内に引き渡されないが、特別に引き取れるようにする。それが青痣与力の言葉だった。

冗談ではない。おくみは与吉の無実を明らかにしてと頼んだのだ。その約束を果たせず、亡骸だけを返す。そんなことは受け入れられないと、おくみは心の中で叫んだ。

青痣与力は本気で調べ直してくれたのだろうか。ほんとうは引き受けたふりだけして何もしなかったのではないか。

もし、青痣与力が本気で調べてくれていたら、与吉の無実は明らかにされたのではないか。青痣与力が評判通りのお方ならきっとそうなったはずだ。

青痣与力は自分の頼みを聞き流した。いったんそのような考えに至ると、それこそが事実のような気がしてきた。

おくみは気持ちのやり場に窮した。胸がむかむかとして吐き気が込み上げてくる。

そんなとき、ふと耳元で何かが聞こえたような気がした。

自分の心の声だ。このままでいいのか。すべてはあの与力のせいだ。調べ直してくれなかった青痣与力のせいで、与吉は死罪になった。与吉の仇を討つのだ。

おくみは与吉のあとを追うつもりだった。だが、その前に……。

堀の水に浮かぶ自分の顔が幽鬼のように歪んでいるのに、おくみは気づかなかった。

与力の屋敷には来客が多い。ほとんどが頼みごとを持ってやってくる。当然、進物を携える。夫に代わり、そのような客の応対をするのは、多恵の役目だった。

ふつう武家の女が玄関で客の応対をすることはないが、与力だけはこの限りではなかった。

　きょうも武士から町人までやってきた。これまでは多恵ひとりで忙しい思いをしてきたが、近頃では剣之助の嫁(よめ)の志乃も客の応対に慣れてきて、だいぶ楽になった。

　玄関で武士の客が引き上げたあと、志乃が呼びにきた。

「内玄関に、おくみという娘さんがいらっしゃっております」

「おくみさん……」

　多恵はとっさに死罪となった指物師、与吉の許嫁(いいなずけ)だと思い出した。

　すぐに内玄関に行くと、真っ赤に泣きはらした目をしたおくみが立っていた。

「おくみさん。どうぞ、お上がりなさい」

　多恵はいたわるように言った。

　おくみは頭を下げ、無言で廊下に上がった。多恵は客間でおくみと向かい合った。

「おくみさん、このたびは残念なことでしたね」

　多恵はやさしく声をかけた。

　しかし、おくみは唇(くちびる)を固く閉じ、膝元(ひざもと)の畳の一点をじっと見つめたままだ。

「おくみさん」

多恵はもう一度呼びかけた。

「青柳さまは」

おくみは一点を見つめたまま、いきなり口を開いた。

「青柳さまはもう一度事件を調べ直してくれると約束なさったのです。でも、それをしてくれませんでした」

「おくみさん、それは……」

「言い訳なんか聞きたくありません。嘘をつかれた悔しさは消えやしません」

心ここにあらずといった様子だった。

「おくみさん。聞いてくださいな。うちのひとは懸命に事件を調べました」

「だったら、どうして与吉さんは死罪になったのですか」

「それは……」

「私は青柳さまを信じていました。きっと与吉さんを助けてくれると。それなのに、何もしてくれなかったじゃありませんか。青柳さまがちゃんと調べてくれたら、与吉さんが死ぬようなことはなかったのです」

「お気持ちはお察しいたします。でも……」

「おためごかしはやめてください」

おくみは激しい声を出した。

「私にとって与吉さんはかけがえのないひとだったんです。私はもう生きていてもしようがないんです」

「おくみさん、落ち着いて」

おくみの目はかっと見開かれ、多恵を見ているが、焦点が定まっていない。

「私はこのまま死んでいくのに耐えられません。せめて、与吉さんの仇を討って死にたいのです」

「…………」

多恵はおくみの目に浮かぶ狂気に気づいた。

「ほんとうなら青柳さまを殺(や)るべきでしょうが、女の身では無理です。それより、青柳さまを私と同じ思いにさせたほうがいいと……」

おくみは懐(ふところ)から短剣をとり出した。

「おくみさん、おやめなさい」

多恵は一喝(いっかつ)する。

「奥様を殺し、私も死にます」

おくみはさっと立ち上がり、短剣を振り上げて、多恵におおいかぶさるように迫る。多恵は素早く膝立ちになり、おくみの手首を摑んで右にねじった。

あっと悲鳴を上げておくみは横に倒れ、短剣をとり落とした。大きな音がした。多恵はその短剣を拾って後ろに投げた。

多恵はおくみから手を離した。

「奥様、だいじょうぶですか」

襖の外から女中が声をかけた。

「なんでもありません」

「でも……。お開けいたします」

女中が襖を開けたとき、いきなりおくみが立ち上がり、部屋を飛び出した。

「あっ、お待ちなさい」

多恵は追いかけた。

おくみは内玄関から逃げて行った。

「奥様」

女中が短剣を拾い上げて怯えた顔で多恵を見つめた。

その夜、多恵は帰ってきた剣一郎に、昼間のおくみのことを話した。

「なに、そなたを……」

剣一郎は絶句していた。

「もう生きていてもしようがない。奥様を殺し、私も死にますと叫んで、襲いかかってまいりました」

「そうか。そこまで思い詰めて」

剣一郎はやりきれないようにため息をついた。

「それほど与吉さんを大事に思っていたのでしょうね」

「明日、おくみを訪ねてくれ。じっくり話を聞いてやってもらいたい。そなたにわしの悪口をぶちまけることで、少しでも気が紛れればよいのだが」

「すぐには気持ちが治まらないと思いますが、やってみます」

「ただ、もっと乱暴な手に打って出ないとも限らぬ。太助を供につけよう」

「はい」

多恵は厳しい顔で頷いた。

翌朝、多恵は留守を志乃に頼み、太助を連れておくみの住む高砂町に向かった。

「太助さん、くどいようですけど、おくみさんがまた何かしてきても手出しはしないでくださいね」

多恵は太助に釘を刺した。

「はい。わかってます」

応える強張った顔からは、なんとしてでも多恵を守らねばならないという思いが伝わってくる。

「私も武士の娘です。身を守る術は心得ております」

幼い頃は薙刀など武芸の稽古もさせられたのだ。

「はい」

太助は素直に応え、

「あっ。こっちです」

と、高砂町の町中に入って行った。仕事に出かける職人たちとすれ違う。

木戸をくぐると、亭主を仕事に送り出したあとの長屋の女たちが、洗濯をしながら話しこんでいた。

長屋の女たちの顔がいっせいに多恵に向く。多恵は軽く会釈をし、太助のあとに従い、おくみの家の前に立った。

「ごめんなさいよ」

太助が腰高障子を開けた。

部屋におくみの姿があった。太助を外に待たせ、多恵は土間に入った。おくみは口をあんぐりさせた。

「おくみさん、よろしいですか」

多恵は微笑みを浮かべ、上がり框に近寄った。

「なにしに来たのですか」

おくみは敵意を剝きだしに問う。

「お話がしたいの」

多恵が穏やかに言う。

「言い訳なんか聞きたくないと言ったはずです」

「ここに腰を下ろしていいかしら」

多恵はそう言い、上がり框に腰を下ろした。

「あなたの気持ち、よくわかります」

「……………」

「私があなたでも、きっと同じことをしていたかもしれません」

「まだ、諦めていません。私は死ぬときは奥様を道連れにします」

「あなたが死んだら、お父上はひとりぼっちになってしまいますよ」

「おとっつあんだってわかってくれるはずです」

「親というものはどんな理由であれ、子どもには死んで欲しくないはずです。あなたが死ねば、お父上は悲しみましょう。それこそ、生きていく気力を失うでしょう」

「…………」

「おくみさん」

多恵はやさしく語りかける。

「あなたは与吉さんの気持ちを考えたことがありますか」

「もちろん考えてます。どんなに無念だったか。何も悪いことをしていないのに首を刎ねられたんですから」

「そうね。そうでしょうね。ほんとうに悔しかったでしょうね」

多恵は頷く。

「そんな理不尽な目に遭ったからこそ、与吉さんはよけいにあなたに仕合わせになってもらいたいのじゃないかしら」

「私の仕合わせは与吉さん無しには考えられません」

「でも、だからと言って、あなたがあとを追って喜ぶと思いますか。あの世で、あなたが与吉さんと会ったとき、与吉さんは喜んでくれると思いますか」

おくみはきっとした目を向けた。

「青柳剣一郎の奥方を殺してあとを追ってきましたと言ったら、よくやったとあなたを褒めてくれるでしょうか」

「………」

おくみは何か言い返そうとした。しかし、すぐ口をつぐんだ。

「どうしたら与吉さんが喜んでくれるか、よく考えてみたらいかがかしら」

おくみは俯いている。

「また参ります。おくみさんも何かあればいつでも屋敷までお出でください」

多恵はそう言って立ち上がった。

外に出ると、長屋路地の真ん中に三十半ばの色白の男が立っていた。

「青柳さまの奥様で」

「はい」

「大家の嘉兵衛と申します。わざわざ、おくみのためにお出でくださったので」

「どうしているのかと思いましてね」

「さようで。私たちも声をかけているのですが」

嘉兵衛は困惑したように言う。

「すぐには落ち着くのは無理でしょう。何か困ったことがあればいつでも八丁堀の屋敷に知らせてください」

「ありがとうございます」

「では、おくみさんのこと、お頼みいたします」

多恵は深々と頭を下げて長屋を出た。

「多恵さま」

長屋木戸を出てから、太助が声をかけた。

「多恵さまにこのような面倒をおかけして」

「あら、太助さんのせいではないでしょう」

「それはそうですが」

太助は戸惑ったように、

「じつは……」

と、言いかけた。

「なにかしら？」

「いえ、なんでもありません」

あわてて、太助は首を横に振った。

「さあ、急いで帰りましょう。志乃もひとりでたいへんでしょうから」

「はい」

多恵は帰り道を急いだが、おくみのことが心残りだった。

二

大戸を閉めてから帳簿の整理をし、売上げと金庫の金を照合する作業が終わった。

それから帳簿を持ち、番頭の孝太郎は廊下を通って内庭に面した内儀（ないぎ）の部屋に行く。

「内儀（おかみ）さん」

「お入り」

襖を開け、孝太郎は部屋に入る。おふじは長火鉢の前で手酌で酒を吞んでいた。

「お確かめください」

孝太郎は帳簿を差し出した。

「ああ、ごくろうさま」

おふじは鷹揚に言う。

「では」

「これから米沢町かえ」

おふじが意味ありげに笑った。

「へえ」

孝太郎は頷いた。

「そろそろ通い番頭としてやってもらってもいいけど、『伊勢屋』の番頭のおかみさんが吞み屋をやっているというのは世間体がねえ」

「へえ、わかっています。では」

孝太郎は部屋を出た。

内庭の暗がりに白菊が浮かんで見えた。内儀は女と別れろと言っているのか、それとも『伊勢屋』から出て行けと言っているのだろうか。

店に戻ると、小僧たちが手代の指導を受けて算盤の稽古をはじめるところだった。

「帰りは明日の朝だ。戸締まりをしておくように」

手代たちには親戚の家に行くと言ってある。

孝太郎は潜り戸を出た。

夜が更けるにつれ肌寒くなった。冬がすぐ近くまで来ているようだ。孝太郎は足早になった。

米沢町に入ると、すぐに『小春』という呑み屋の軒提灯が見えてきた。孝太郎は裏口から中に入り、そのまま階段で二階に上がった。

とば口の小部屋に入り、行灯に火を入れた。しばらくして、小春が酒肴を持ってやってきた。

「四半刻（三十分）待っててね」

「ああ」

ここで酒を呑みながら、暖簾が仕舞われるのを待つのだ。

小春は神田明神境内にある料理屋の女中だった。少しきつい目をしていたが、うなじが妙に色っぽい女で、気に入って何度か通ううちに店を持たせるという約束で自分の女にしたのだ。

『伊勢屋』に暖簾分けをしてもらうまであと何年かかるか。いっそ、内儀からそこその金をもらい『伊勢屋』を出て、小春といっしょにやっていくか。呑み屋の亭主となった自分を想像しながら酒を呑んだ。

窓に何か当たったような音がした。

孝太郎は立ち上がって窓辺に寄り、障子を開けた。眼下の通りに人気はない。目の前は薬研堀の埋立地で雑草が生い茂っている。そこの暗がりに誰かが立っているような気がした。

孝太郎は目を凝らした。月が翳って真っ暗だ。黒い影はいつの間にか消えた。気のせいか。だが、確かにひとが立っていたようだったが……。

ひんやりした風にあわてて窓障子を閉めた。部屋の真ん中に戻ったが、もう酒はなくなっていた。

そのうちに外で人の声がしたあと、小春の声が続いた。客を見送ったのだろう。

ほどなく、小春が上がってきた。

「どうぞ」

小春は孝太郎に声をかける。階下の居間に行く。客がいるときは二階にいるが、店を閉めたあとは長火鉢がある部屋に移るのだ。

「ここのほうが落ち着く」

長火鉢の前に座り、孝太郎は煙草盆（たばこぼん）を引き寄せた。

店のほうで物音がするのは、住み込みの小女（こおんな）が片づけものをしているのだ。

孝太郎は煙管（きせる）に刻みを詰め、火をつけた。

「どうだ、客の入りは？」

煙を吐いて、孝太郎はきく。

「まあまあね」

小春が銚釐（ちろり）で燗（かん）をつけている。

「もういいかしら」

小春が銚釐を持って酌をし、自分の猪口（ちょこ）にも酒を注ぐ。

「俺は迷っているんだ」

孝太郎が口を開く。

「何をさ？」

「あと何年かしたら、俺も暖簾分けしてもらえるだろう。そのとき、おまえはこの店をやめて、商家の内儀になれるか」

「…………」

「どうした？」

「私には商家の内儀は向いてないわ。呑み屋の女将のほうが性に合っている」

小春は真顔で言う。

「そうか」

孝太郎から見ても、そうだった。

「もし、俺が暖簾分けをしてもらったらどうする？」

「そしたら内儀さんをもらうのね。私はおまえさんの妾でいいわ。商家の内儀なんて窮屈そうで……」

小春は寂しそうに言ったあとで、

「ただ、生計のことだけは忘れないで」

と、甘えるように言う。

所詮、この女とは金だけの関係なのだろうかと、孝太郎は内心面白くなかった。

そのとき、濡縁（ぬれえん）にこつんと小石のようなものが当たる音がした。さっきの音を思い出した。

孝太郎はふいに立ち上がった。

「どうしたの？」

小春が不思議そうにきいた。

孝太郎は黙って庭に面した障子を開けた。庭の暗がりに誰かが立っているような気がした。

「誰だ？」

孝太郎は誰何（すいか）した。

「なに？」

小春も立ち上がって孝太郎の横に立った。

「あそこに誰かいる」

「えっ」

小春は驚いて目を凝らした。

「誰もいないわ」

「さっきいたんだ」

孝太郎ははっとした。

「小春。まさか」

孝太郎は小春を睨みつけた。

「まさかって何？」

「男を引き入れているんじゃないだろうな」

「冗談じゃないわ。変なことを言わないで」

小春は部屋に戻っていった。

孝太郎は庭下駄を履こうとした。そのとき、妙な声がした。

「番頭さん……」

「誰だ？」

孝太郎は怒鳴った。

すると、雲が切れて月影が射した。そこに浮かび上がった男の顔を見て、孝太郎は悲鳴を上げ、濡縁に腰を落とした。

「死んだはずじゃあ……」

孝太郎は口をわななかせた。

「どうかしたのかえ」

悲鳴を聞きつけた小春が、部屋から飛び出してきた。

「あそこ」

孝太郎は指をさした。

「あそこがどうかしたの?」

孝太郎は改めて目を凝らして見た。だが、誰もいなかった。ただ、そこに白菊が月明かりを受けて気品高く輝いていた。

「今日はなんか変よ。どうかしたの?」

小春が心配そうにきいた。

「あの男が……」

「男なんて引き入れてないって言っているでしょう」

「違う、そうじゃない」

「さあ、入りましょう」

小春が孝太郎の腕を摑んだ。

孝太郎は庭に出て自分が見たものを確かめる気力もなく、部屋に戻った。

「酒をくれ」

孝太郎は湯吞みに酒を注いで吞み干した。

「もう一杯」

孝太郎は呑まずにいられなかった。

月影に浮かび上がった男を目にしたとたん、悪寒が走った。目の錯覚だろうか。

孝太郎が見たのは、与吉だった。首を斬られて死んだはずの。

青痣与力がやってきて、与吉の最期の様子を話した。

――与吉は辺りを睨めつけながら、祟ってやると叫んだそうだ。逆恨みだとしても、与吉は恨みを残して死んでいった――

その言葉が頭の隅に残り、幻覚を見たのだろうか。

寝間に移り、孝太郎は先に布団に入った。有明行灯の乏しい灯だけの部屋に衣擦れの音がする。

孝太郎は足元に誰かが立っているような感じがして身を硬くした。

小春だった。孝太郎の横にきた。だが、小春の白い肌を抱いても常に誰かに見つめられているようで、孝太郎の男は役に立たなかった。

「すまない」

孝太郎は小春から離れ、仰向けになった。

「疲れているんだわ」

小春が孝太郎の顔を覗き込んだ。

「今夜はおとなしく休みましょう」

やがて小春の寝息が聞こえてきたが、孝太郎は寝つけなかった。庭に立っていた与吉の顔が目の前に浮かび、思わず大声を上げそうになった。

それでもやがて瞼が重くなって、いつしか眠りに落ちた。

が、孝太郎は夢を見た。与吉が刑場に引き立てられた。首斬り役人が穴に向かって突き出された与吉の首に、刀を振り下ろした。さっと血が噴き出て、与吉の首は孝太郎を目掛けて飛んできた。

孝太郎は悲鳴を上げて目を覚ました。

「おまえさん、どうしたのさ」

小春が怯えたように孝太郎の体を揺すっていた。

「ものすごくうなされていたわ」

「いやな夢を見た」

汗をびっしょりかいていた。

その夜はまんじりともせずに朝を迎えた。

孝太郎は、日中は忙しさに紛れて昨夜のことを忘れていた。眠れなかったことの影響もなかった。得意先の商家の内儀の応対をし、武士の妻女、商家の娘など、客が途切れることはなかった。

外出する内儀のおふじを見送りに店先に出たとき、行き交う大勢のひとの中にじっと立ってこっちを見ている男に気づいた。

孝太郎は思わず短く叫んだ。

おふじが驚いて声をかけた。

「番頭さん、どうしたんだえ」

「あの男……」

孝太郎が茫然と口を開いた。

おふじが孝太郎の視線の先を見ながら、

「誰かいたの？」

と、きいた。

「与吉です」

「与吉？」

おふじが眉をひそめた。

「与吉って指物師の……。どこにいるのさ」

孝太郎が改めて目をやると、与吉らしい男の姿はもうなかった。

「番頭さん、きょうは朝から顔色が悪かったけど、疲れているんじゃないの。それとも昨夜、過ぎたのかしら」

小春とのことを口にして、おふじは苦笑した。

「じゃあ、行ってきます」

おふじは小僧を供に得意先へ出かけていった。

孝太郎は急いで店に入った。

「番頭さん、どうかなさいましたか？　お顔の色が」

手代が心配した。

「ちょっと部屋で休んでいるから、あとを頼む」

そう言い、孝太郎は店座敷の近くにある自分の部屋に入った。

部屋の真ん中に座り込んだ。最初は『小春』の二階の小部屋にいたときだ。何かが窓に当たる音がして、障子を開けた。すると通りの向こう側にある埋立地に誰かが立っていた。暗くて顔は見えなかった。

次に、居間にいるとき、また外で音がした。障子を開けて、庭を見た。植込みの中に黒い影が見えた。そして、雲が切れ、月影が射して姿が浮かび上がった。与吉が立っていた。

そして、さっきだ。気のせいだろうか。やはり、青痣与力から聞かされた与吉の最期の様子が頭にこびりついていて、幻覚を見たのかもしれない。

孝太郎はそう思い込もうとした。

「番頭さん」

襖の外で、手代が呼んだ。

「なんだね」

「同心の植村さまがお見えです」

「私に？」

「はい」

「わかった。すぐ行く」

孝太郎は立ち上がり、部屋を出た。

店に行くと、土間に植村京之進が待っていた。

「何か」

孝太郎はおそるおそるきく。

「どうした、顔色が悪いが？」

「ちょっと疲れ気味でして」

「そうか。きょう来たのは伊勢屋の主人のことだ」

「………」

息を呑んで、孝太郎は京之進の顔を見つめる。

「主人に会いたい。会わせてもらえぬか」

「主人は寝込んでいて、どなたにもお会いになりません」

孝太郎は答える。

「遠くから見るだけでいいから」

「いえ、内儀さんから誰も通してはならないと言われております。内儀さんのお許しがなければ……」

「そなたが最後に伊勢屋の顔を見たのはいつだ？」

「三月（みつき）ほど前かと」

「伊勢屋に会えるのは誰と誰だ？」

「内儀さんと源安先生です」

「さっき女中に話を聞いたが、主人の食事の支度はしていないそうだ」

「はい。もう、ほとんど食事が出来ないので、内儀さんが薬を煎じて栄養を摂らせているのです」

孝太郎は内儀から言われたとおりのことを口にした。

「伊勢屋はほんとうに奥の座敷にいるのか」

「おります」

「だが、そなたは顔を見たわけではない」

「はい。でも……」

「内儀がそう言うからか。わかった。邪魔をした」

京之進は引き上げて行った。

孝太郎は茫然と見送った。なんだか頭が重かった。また部屋に入り、横になった。だが、与吉の顔が浮かんできて、何度も寝返りを打った。

銀助は浜町堀にある大名家の下屋敷の裏門を出た。風が強い。

久しぶりの賭場だったが、今夜はつきに恵まれた。少し温かくなった懐を押さえながら、浮き立つような思いで浜町河岸に差しかかった。

夜も更けているが、提灯がなくとも星明かりで歩くのに支障はなかった。どこぞで一杯やっていきたいが、五つ半（午後九時）をまわっていて、もうどこも開いていないだろう。

いっそ、湯島天神前にある曖昧宿（あいまいやど）に繰り出そうか。そこには馴染（なじ）みの女がいた。明朝早く長屋に帰って道具箱を持って普請場（ふしんば）に行けばいい。

そう思うと、気も弾（はず）み、強い横風に煽（あお）られながらも足取りは軽かった。

ときおり、風が唸（うな）った。その風音に混じって声が聞こえた。

銀助は聞き耳を立てた。

「銀助さん」

自分の名を呼ばれた気がしたのだ。

「誰でえ」

銀助は声のしたほうを見た。武家屋敷の塀の傍（そば）の暗がりからだ。

そこに向かおうとしたとき、

「銀助さん」

と、今度は背後で聞こえた。

驚いて振り返る。堀をはさんで向かいに男が立っていた。銀助は堀端に近付

き、対岸にいる男に、

「どちらさんでえ」

と、声をかけた。

男はただ無言で立っている。じっと見つめているうちに、どこかで会ったことがあると思った。

次の瞬間、はっとした。

「与吉……」

強風が吹いてきて、思わず目を伏せた。

風をやり過ごして目を開けると、対岸に男の姿はなかった。

「ばかな」

銀助の全身が総毛立った。逃げるように、岩本町の長屋に帰った。

三

翌日、多恵は再び、太助を供に高砂町に向かった。

「太助さん、最近、夜来ないけど、忙しいの？」

太助はここ数日、夜は現われなかった。今日もやってきたのは朝だった。

「ちょっと調べごとをしてまして」

太助は小さな声で言う。

「そう」

多恵はそれ以上追及しなかった。

高砂町に入ると、途中に稲荷社があった。その前を行き過ぎたとき、太助があっと声を上げた。

「多恵さま。おくみさんです」

太助が教えた。

多恵は戻って鳥居の奥を見た。小さな祠の前で、おくみがしゃがんで手を合わせている。太助が近づこうとするのを、多恵は引き止めた。

「終わるまで待ちましょう」

それからしばらく経って、おくみが立ち上がった。

多恵は近づいた。

「奥様」

振り向いたおくみが、呟くように言った。相変わらず、険しい表情だ。

「何をお願いしていたのかしら」

多恵はやさしく声をかける。

「教えてくださいと頼んでいたのです」

尖(とが)った声で、おくみは答えた。

「何を？」

「与吉さんを助けてくださいとお願いしたのは、青柳さまだけではありません。このお稲荷さんにもお頼みしていたのです」

目尻を濡らして、おくみは続けた。その声は次第に震えを帯びてくる。

「お稲荷さんに、なぜ与吉さんを助けてくれなかったのかきいていたのです」

「お稲荷さんはなんと」

「なにも」

おくみは首を横に振った。

「いくら訴えかけても、なにも答えてくれません。最初から私のお願いなんて聞いてくれていなかったのです。青柳さまと同じです。私のような貧しい者の頼みなんて誰も聞いてくれないんです。そんなことも知らずに、私は信じていました。自分の愚かさに呆れています」

おくみは口元を歪めた。

多恵は胸が塞がれながら、

「おくみさん、そうじゃないわ。お稲荷さんもうちのひとも、ちゃんと立ち向かったのよ。力が及ばなかったことは、なんとお詫びしていいかわかりません。でも、あなたの頼みを聞き入れて……」

「与吉さんが助からなければなんにもなりません」

おくみが叫んだ。

「そうね。いくら一生懸命にやってくれたって、与吉さんが帰ってこなければやってないのと同じね」

「だからって、うちのひとやお稲荷さんまで恨んでどうなるのかしら」

多恵はおくみの訴えを素直に認めた。

多恵は穏やかに続ける。

「そんなことに気をとられていたら、あなたにとっても損じゃないかしら。それより、この前も話しましたけど、あなたがこれからどう生きたら与吉さんが喜ぶか……」

「そんなの無理です」

おくみは異を唱えた。

「私にとって与吉さんは、一番大事なひとだったのです。与吉さんに何もしてあげられなかった自分にも嫌気が差しているんです」

「与吉さんにとってもあなたが一番大事だったのですよ。あなたが与吉さんのために何かしてあげたかったように、与吉さんもあなたに何かしてやりたいと思っているはず。それはあなたを仕合わせにすることのはずよ」

多恵はおくみの肩にそっと手を置いて続ける。

「あなたが毎日泣いていたら、与吉さんはどう思うかしら。何度でも言いますけど、与吉さんはあなたの仕合わせを願っているのよ。あなたが立ち直って、笑顔を見せてくれるのが、与吉さんの喜びのはず。今のあなたは、与吉さんの思いと逆のほうに行っているわ」

「奥様は先日もそう仰いました。与吉さんの気持ちを考えろと。でも、私には出来ません。与吉さんを失くした悲しみのほうが強いのです」

「無理ないわ。それが当然でしょうね。私も口で言うだけで、いざ自分があなたと同じ立場になったら、そのように出来るか自信ありません」

多恵はおくみに寄り添うように言う。

「でも、無理であっても、常に与吉さんがどう感じるかを考えるようにしてちょうだい。自分の気持ちを抑えてでも、与吉さんのことを」

「………」

「さあ、行きましょう」

多恵はおくみの肩を抱くようにして鳥居を出た。

長屋木戸の前で、おくみは顔を向けた。

「もうここで、だいじょうぶです」

「そう。何かあったら、いつでも屋敷のほうに来てくださいね」

多恵は声をかける。

おくみは会釈をして、長屋木戸を入って行った。


その日の夕方、さる大名家の御留守居役(おるすいやく)の武士が訪ねてきて、多恵がいつものように応対に出た。

家中の武士が料理屋で鳶(とび)の者と喧嘩(けんか)になった。ことが大きくならないように、なんとか鳶の者を押さえてもらいたいという申し入れであった。

「申し伝えておきます」

いつもならそう答えるのだが、ふとおくみのことを思い出して、声を呑んだ。

多恵の言葉が了承したと捉えられ、自分の思いどおりにならなければ逆恨みされる。そんな考えが頭に浮かんでしまった。

「喧嘩両成敗と申します。喧嘩の当事者を連れ、話し合いに先方を訪ねたらいかがですか。もし、その鳶の者とうまく和解が出来たら、今後、その者たちは強い味方になってくれるかもしれません。町人に頭を下げるのは武士の沽券に関わると捉える向きもありましょうが、長い目で見たら得かと思います」

多恵はさらに付け加えた。

「奉行所の介入によってことを治めても、それはその場だけに過ぎません。でも、当事者同士での和解がなれば、両者にとって今後の得になりましょう。災いを転じて福となす、でございます」

「そうでござるな」

御留守居役の武士は大きく頷いた。

「いや、恐れ入りました」

そう言って、武士が引き上げたあと、入れ代わるようにおくみがやってきた。

女中は部屋に上げるのを警戒した。

「心配いりません。客間に通して」

自分に会いに来たのは気持ちに何らかの変化があった証だと思った。多恵はあとを志乃に託して、客間に行った。

おくみは部屋の真ん中で硬い表情で待っていた。多恵はおくみの前に腰を下ろした。

「おくみさん、よくいらっしゃいました」

多恵は包み込むような柔らかい声で言う。

「私……」

いきなり、おくみは口を開いた。

「あれから与吉さんのことを考えていました。奥様が仰ったように、与吉さんは私が泣いてばかりいては決して喜ばないと……」

おくみは声を詰まらせた。

多恵は黙って見守る。

おくみは続けた。

「私、仏門に入り、与吉さんの菩提を弔って参ります。そうすれば、いつまでも私の中で与吉さんは生き続ける。そう思ったのです」

おくみは涙ぐんだ。

「そう。よく決心しましたね」

多恵は言ってから、

「でも、その前にあなたにはやるべきことがあります」

と、厳しい表情になった。

「なんでしょうか」

「与吉さんはいきなり自由と命を奪われてしまったのです。これまで与吉さんも多くのひとに助けられて今日(こんにち)まできたはずです。そんな方々に、与吉さんに代わってお礼の挨拶(あいさつ)にまわったらいかがかしら。与吉さんのおかみさんとして」

「おかみさん……？」

「そうです。あなたはもう立派な与吉さんの妻です。妻としての務めを果たしたらいかがかしら」

「妻としての務め……」

おくみは呟く。

「私は与力の妻として二十年余りを過ごしてきました。うちのひとは江戸の民の安全を守るために命を賭(と)して働いています。その心意気は立派でも、私は常に不安でした。いつ暴漢の手にかかって命を落とすかもしれません。だから、夜家に帰ってきて無事な姿を見てほっとする。そんな毎日に気が狂れそうでした。でも、あるとき、悟ったのです。たとえ、いつ夫が命を落としたとしても、妻としての務めを果たそうと。それが、夫が生前世話になった方々へのお礼です」

おくみは熱心にきいている。

「おくみさんもそうしたらどうかしらと思ったのです。与吉さんにはあんな立派な妻女がいたのだと皆さんに思ってもらえたら、きっとそれが与吉さんの生きてきた証になるのではないでしょうか」

「生きてきた証……」

「そう。それをあなたが作ってあげるのです。仏門に入るかどうかは、それから考えればいいこと」

おくみの顔に生気が張ってきたが、急に顔が歪んだ。

「奥様、私……」

畳に両手をつき、

「お許しください。奥様に刃を向けて。ごめんなさい」

と、大粒の涙を流した。

「いいのよ」

多恵は近付き、おくみの手をとった。

「顔を上げなさい。もういいのよ。あなたの気持ちはよくわかるもの」

「奥様」

おくみは多恵の胸に顔を埋めた。そして堰(せき)を切ったように声を上げて泣きだした。

「泣きなさい。思い切り、泣きなさい」

多恵はやさしくその背中をなでる。おくみは慟哭した。今まで、誰かに頼ることを懸命に堪(こら)えていたのに違いない。

おくみの泣くに任せた。最後は涙が涸(か)れてきていた。

おくみはおとなしくなったが、まだそのままの姿勢でいた。多恵もおくみの肩を抱いたままだった。

「いつまでもこうしていたい」

ふいにおくみが呟いた。

「こうしていると、とても気持ちが安らぎます。もう少しいいですか」

「そう。いいのよ。いつまでも」

多恵は微笑んだ。

ようやく、おくみが離れた。

「もういいの？」

「はい。すみませんでした。とても気持ちが楽になりました」

「そう、よかった」

「奥様のお言葉、肝に銘じておきます」

「無理をしないで」

「はい」

多恵は懐紙をとり出し、

「涙を」

と、おくみの目の近くに当てた。

「ありがとうございます」

「ひとりで帰れますか」

「はい。まだ、陽が落ち切っていませんから」

多恵は内玄関までおくみを見送った。

入れ違いのように、剣一郎が帰ってきた。

「おくみさんとすれ違いませんでしたか」

「いや。来ていたのか」

剣一郎が心配そうにきいた。

「ええ。もう心配ありません」

多恵は言い切って、着替えを手伝いながら、おくみとの話し合いの様子を語った。

「そうか。仏門に入ると……」

「でも、その前にやることがあると伝えました」

胸を痛めたように、剣一郎は顔をしかめた。

「………」

剣一郎は驚いたような顔をした。

「そなた、ひょっとして」

剣一郎は言いさした。

「なんですか」

「いや、なんでもない。ともかく、おくみのことはよくやってくれた。それだけが気がかりだったのだ」

　剣一郎はほっとしたように言う。

　着替えを終えて、剣一郎は居間に向かった。

　袴を畳みながら、多恵は思わず笑みが漏れた。

四

　薬研堀の料理屋『名月』に尾崎牧太郎が山野藤太と共にやってきていた。二階の庭に面した座敷で、ふたりにはお駒がついていた。

　酒が来てから、山野藤太が思い出したように吐き捨てた。

「忌々しい」

「青痣与力か」

　牧太郎も顔を歪めて言う。

「せっかく、生島三十郎の仇を討とうとしたのに」

　生島三十郎というのは、柳原の土手で青痣与力を襲撃したものの失敗した侍だ。お駒も牧太郎と共に何度か会ったことがある。肩をしたたか打たれ、いまだに痛みが去らないようだと、牧太郎が話していた。

「あの善照寺の件ははめられたようだ」

牧太郎が言う。

「はめられた？」

「姉と善照寺で会うと言っていたが、あの日、姉は善照寺に来ていなかった。はじめから、俺の行動を読んでいたのだ」

「なぜ、そんな真似をした？　俺たちを捕らえようとはしなかった。あっさり逃がしたではないか」

山野藤太が怪訝な顔できく。

「そなたたちのあとを尾けたのだろう。気がつかなかったか」

「まさか」

「あの寺の近くに手下を待たせていたのだろう。そうとしか考えられぬ」

お駒は牧太郎の盃に酒を注ぐ。

「では、俺たちの身許が……」

山野藤太が焦った。

「ああ、辻村さまの家来だと知られたと思っていい」

「なんと」

「心配するな。知られたって影響ない。肝心の与吉は死罪になって、もうこの世にいないのだ」

牧太郎は鷹揚に言う。

「それにしても、あのおくみという娘の訴えで、青痣与力が乗り出したときには困ったことになったと思ったが、青痣与力の力も及ばないほど企みは完全だったというわけだ」

山野藤太が笑みを浮かべ、

「お駒さんのお白洲での証言ぶりも見たかったな」

と、お駒に顔を向けた。

「でも、おかげで寝覚めが悪いですよ」

「お駒らしくないな」

牧太郎がおかしそうに笑った。

「だって、与吉の最期の様子を聞いたら」

お駒は眉根を寄せた。

「なんだ、最期の様子って」

牧太郎がきく。

「罪人は面紙で、顔をおおって首を刎(は)ねられるのに、与吉は面紙をしなかったそうなの。そして、首を刎ねられる直前、証言した連中に祟ってやると叫んだそうよ。首が落ちたあともその声が聞こえていたと立会いの役人が言っていたって」

「ばかばかしい」

牧太郎が鼻で笑った。

「誰から聞いたんだ?」

「青柳さまよ」

「青痣与力か。悔しさから口から出まかせを言ったのにちがいない。気にするな。青痣与力の思うつぼだ」

そう言い、牧太郎は空(から)の盃を寄越(よこ)した。

お駒が酒を注いだとき、濡縁に小石が落ちたようなこつんという音がした。

「なにかしら」

お駒は立ち上がり、庭に面した障子を開けた。月影が射して、庭の草木を照らしている。おやっと思った。隅の白菊のそばに誰かが後ろ向きで立っている。

「誰?」

お駒が声をかけた。

人影がゆっくり振り向いた。その顔を見て、お駒は目を見開いた。一呼吸遅れて悲鳴を上げて腰を抜かした。

「どうしたんだ？」

ふたりが驚いて立ち上がってきた。

「あそこ」

お駒は庭の白菊の辺りを指さした。

牧太郎は障子をいっぱいに開け、庭に目をやった。

「あそこに何があったんだ？」

「与吉よ」

「与吉？」

「ばかな」

牧太郎は下駄を履いた。

庭に下りて、白菊の咲いている辺りに行った。

「誰もいない。気のせいだ」

周囲を窺ってから、牧太郎は戻ってきた。

濡縁に上がって、部屋に入り、障子を閉める。

「さっき首を刎ねられた話をしていたから、幻を見たのだろう」

牧太郎は盃をとって言う。

「うむ、誰だ？」

いきなり、山野藤太が叫んで立ち上がった。

「どうした？」

牧太郎は山野藤太に声をかけてからお駒を見た。耳を塞いでいる。

「今、男の声が聞こえた。お駒、と」

山野藤太が障子を開けた。

「誰もいない」

「ほんとうに聞こえたのか。俺は聞いてない」

「そなたは喋っていたから気づかなかったんだ。声は俺も聞いた」

「おいおい、ふたりともどうかしているぞ」

牧太郎が怒ったように言う。

「さっきの顔、ほんとうに与吉だったわ。お白洲で私を睨んでいたときと同じ顔だったもの」

　お駒は怯えて言う。

「待て。与吉は死ぬ前に、お白洲で証言した連中に祟ると言ったんだな。それなのに、どうして声が山野に聞こえたのだ？」

　牧太郎が不思議そうにきいた。

「『伊勢屋』の番頭と大工の銀助に嘘の証言をするよう命じたのは生島三十郎だが、俺もいっしょにいた」

　山野藤太が憤然と答える。

「与吉が化けて出たなんて笑わせるな。そんなに気になるなら、番頭と銀助にもきいてみろ。そのふたりのところにも与吉は現われているはずだ」

　牧太郎が冷笑を浮かべながら言う。

「俺がきいてこよう」

「いえ、私がきいてみる」

　お駒は自分で確かめたかった。ふたりとは奉行所に呼ばれたときに顔を合わせている。それに、亡霊を見たのは自分なのだ。

「与吉に兄弟はいないのか」

　ふと思いついたように、牧太郎が口にした。

「与吉に似た男が脅しているのかもしれぬ」

「さあ」

お駒は与吉のことを詳しくは知らなかった。


翌朝、お駒は大伝馬町の『伊勢屋』の前にやってきた。店先に立ち、店内を見回す。

「いらっしゃいまし」

手代ふうの男が声をかけてきた。

「番頭さんにお会いしたいの」

「番頭さんですか。少々お待ちくださいまし」

手代は店畳にいる男に声をかけた。男が顔を向けた。奉行所で会った顔だ。

男が近づいてきた。

「番頭さん、いつぞや奉行所でお会いしたお駒です」

「お駒さん、何かあったのか。まさか……」

番頭の孝太郎は強張った顔できいた。お駒はとたんに不吉な予感に襲われた。

「ここではちょっと」

「こっちに来てくれ」

孝太郎は手代に何か言い、お駒を自分の部屋に誘った。

部屋に入って腰を下ろすなり、孝太郎が声を低めてきいた。

「何か変わったことが？」

「……番頭さんのほうにも、出たのですね」

お駒が逆に問うた。

「おまえさんのほうにもか」

「ええ、庭に与吉が立っていたんです。幻かもしれないと思い、念のために番頭さんにきいてみようと思って」

「俺の前にも現われた。二度だ。三日前の夜に一昨日（おとつい）の昼間だ」

孝太郎は声を震わせた。

「やっぱり……」

お駒は息を呑んだ。

「ほんとうに与吉でした？　与吉に似た男が私たちを脅そうとして……」

牧太郎が言っていたことをきいた。

「いや、あれは間違いなく与吉だ」

　孝太郎は青ざめた顔で言う。

「大工の銀助さんのところにも現われているでしょうね」

　お駒がきいた。

「罪の深さで言えば、奴のほうが俺たちよりはるかにひどいんだ。奴は下手人だと名指しをしたんだから。現われてなきゃ変だ」

「これからどうなるのかしら」

　お駒は気にした。

「わからない。でも、このままじゃあ決して心は休まらねえ」

　孝太郎は声を震わせた。

「冗談じゃないわ」

　お駒は吐き捨て、

「どうしたらいいの」

　と、きいた。

「えらい坊さんに祈禱(きとう)を頼むか、怨霊退治(おんりょうたいじ)の御札(おふだ)でももらうか」

　孝太郎は気弱そうに言い、

「その場合、ほんとうのことを話さないとならないだろう。俺たちの悪事を話さねばならないとなると、あのお方が許さないかもしれない」

「………」

「それより、大工の銀助とも相談したほうがいい」

「これからまわってみるつもりです」

お駒は気が急(せ)いて言った。

「場所は知っているのか」

「ええ。親方は横山町の新蔵というひとです」

山野藤太から聞いてきた。

お駒は『伊勢屋』を出て、横山町の新蔵親方の家に向かった。

新蔵親方の家を訪れたが、普請場に出ていると新蔵のかみさんから聞いて、お駒は須田町に向かった。

番頭の孝太郎の話では、与吉は昼間でも現われたという。思わず、辺りを見回し、先を急いだ。

須田町に入り、普請場を探すと、やがて新築中の家が見つかった。木箱に腰を下ろしている棟梁(とうりよう)らしき男がいた。おそらく、これが新蔵だろう。

お駒は近付いて声をかけた。

「新蔵親方ですか」

「そうだが」

新蔵は目を見張ってお駒を見た。

「休憩になるまで待ちますけど、銀助さんはいらっしゃいますか」

「おまえさんは?」

「『伊勢屋』の番頭さんから頼まれて至急の言伝(ことづて)を」

お駒は口実を口にした。

「ちょっと待ってな」

新蔵は立ち上がった。

「おい、銀助」

新蔵が屋根に向かって声をかけた。屋根で金槌(かなづち)を使っていた男が顔を上げた。

「このひとが用があるそうだ。ちょっと下りて来い」

「へい」

銀助が屋根の上で立ち上がった。

だが、すぐに動こうとせず、棒立ちになっている。お駒は不審に思った。銀助の顔が引きつっているように思えた。

次の瞬間、銀助の体が揺れた。あっと新蔵が叫んだ。銀助は足を滑らせ、屋根の上に倒れ込んで、そのまま転がり落ちた。

お駒も悲鳴を上げて、新蔵たちと落ちた場所に駆けつけた。

幸い、下は柔らかい土だったので命に関わることにはならなそうだったが、足を傷めたらしく、銀助は呻いていた。

「どうしたんだ？　足を滑らせるなんて」

新蔵が叱るように言う。

「へえ」

銀助の顔から血の気が引いていた。

お駒ははっとして、

「銀助さん、何か見たの？」

と、きいた。

「与吉……」

銀助が呟き、気を失った。

大工仲間が銀助を戸板に載せて、医者のところに運んでいった。

屋根から落ちる前、銀助は立ちすくんでいた。屋根の上から見たのではないか。死んだはずの与吉の姿を。

お駒は辺りを見回し、背筋に冷水を浴びたような恐怖を覚えた。

お駒はあわてて銀助のあとを追った。

多町(たちょう)一丁目にある医者の家に銀助は運び込まれた。棟梁の新蔵とお駒が残って、銀助を見守る。

医者の手当てが終わった。やはり、足の骨が折れていて、銀助はまだ唸っていた。

「銀助、驚いたぜ」

新蔵が声をかける。

「すみません」

「何があったんだ?」

「へえ、ちょっと他のことを考えていて」

「おめえらしくねえ。ちょっと医者のところに行ってくる」

新蔵が離れて行ったので、お駒は顔を近づけた。

「銀助さん。いつぞや奉行所でお会いした駒です」

「ああ」

銀助は頷く。

「さっき与吉と呟いていたわ。何か見たの？」

お駒は問いつめるようにきいた。

「……あんたの後ろに、与吉が立っていたんだ」

「えっ」

「棟梁に声をかけられて立ち上がった。そして、あんたに目をやったら、すぐ後ろに与吉が……」

銀助が恐怖に顔を引きつらせた。

自分の背後に与吉がいたと聞いて、お駒は目を剝いた。

「与吉が化けて出てきやがった」

銀助はわっと叫んだ。

新蔵が飛んできた。

「どうしたんだ？」

「わかりません」

お駒は呟き、腰を上げた。

多町一丁目から大伝馬町の『伊勢屋』に戻った。

再び番頭の部屋で、孝太郎と向かい合った。

「銀助さんが私の目の前で、屋根から落ちて大怪我をしたの」

お駒は上擦(うわず)った声で状況を話した。

「お医者さんの手当てが終わったあと、何があったのかきいたの。そしたら、私の背後に与吉がいたんだって」

孝太郎は目を見開いて聞いていたが、お駒が話し終えるとうろたえて、

「今度は俺の番だ」

と、悲鳴のように嘆(なげ)いた。

「いやよ」

お駒も首を横に振り、

「死にたくない」

と、叫んだ。

「もう限界だ。内儀さんに相談してみる」

孝太郎は思い詰めた目で言った。

お駒は心ノ臓を鷲摑(わしづか)みにされたような心持ちで、『伊勢屋』をあとにした。薬研堀までやってきたとき、網代笠(あじろがさ)をかぶった墨染衣(すみぞめごろも)の行脚僧(あんぎゃそう)とすれ違った。

が、行き過ぎたとき、行脚僧が呼び止めた。

「もし」

お駒は足を止めた。

振り返ると、行脚僧が近寄ってきた。

僧はまじまじと無遠慮にお駒の顔を見つめる。

「なんですか」

お駒は詰(なじ)るようにきいた。

「そなたの顔に良くないものが現われている。死相かもしれぬ」

「えっ？」

「何かに取り憑(つ)かれているようだ。用心なさることだ」

そう言い、行脚僧は踵(きびす)を返した。

「お待ちください」

今度はお駒が呼び止めた。

「何に取り憑かれているのですか」

「わからぬが、怨霊でしょう。そなたへの恨みに溢れている」

「…………」

目眩を覚えたが、

「どうしたらいいでしょうか。お坊さまが祈禱をしてくださいませんか」

と、お駒は訴えた。

「拙僧にはそのような力はありません」

「そんな。助けてください」

お駒は哀願した。

「もはや、怨霊の恨みから逃れるには、恨みの根を取り除くしかござらん」

「恨みの根？」

「なにか心当たりがあろう。それしか、怨霊から逃れる術はありません」

そう言い残し、行脚僧は去って行った。

お駒は茫然と立ちすくんでいた。

五

孝太郎はお駒が引き上げたあとも、自分の部屋に閉じこもっていた。

内儀のおふじはまだ帰ってこない。帰ってきたら、内儀に何と言おうか。与吉の怨霊に悩まされていると告げても、気の弱さを笑われるだけかもしれない。

だが、銀助が屋根から落ちたのは事実だ。与吉の祟りなのだ。このままなら、自分はおかしくなりそうだ。

そうだ。『伊勢屋』にいるからいけないのだ。内儀からまとまった金をもらい、『伊勢屋』を出て行こう。そして、どこか別の場所で、小春と料理屋をやるのだ。

『伊勢屋』を出て行けば、与吉の祟りから逃げられる。そう決心すると、孝太郎は少し元気が出てきた。

「番頭さん」

襖の外で、声がした。

「なんだ?」

「じつは店先に行脚僧が……」

「行脚僧？」

「主人か内儀、あるいは番頭を呼んでくれと」

「いくらか喜捨して追い返しなさい」

孝太郎は突き放すように言う。

「そうしようとしたのですが、僧が『伊勢屋』の屋根の上に妖気が漂っていると無気味なことを言うのです」

「妖気……」

孝太郎は息を呑んだ。

「今、行く」

孝太郎は重たい腰を上げた。

店に行くと、戸口近くに網代笠に墨染衣、手甲脚絆に杖を持った僧が立っていた。

孝太郎は僧のそばに行った。

「私が番頭ですが」

孝太郎の顔をじっと見つめ、

「そなただ。妖気はそなたから発している」

と、行脚僧は杖を持った手を孝太郎に向けた。

孝太郎は胸を衝かれた。

「御坊、こちらに」

孝太郎はあわてて行脚僧を外に連れ出した。

「いったいどういうことですか」

孝太郎は怯えてきいた。

「そなたに死相が現われておる」

「げっ」

喉にひっかかったような奇妙な声が漏れた。

「死相ってまさか」

「そなたは怨霊に祟られている。この世に恨みを残して死んでいった者の霊がそなたに取り憑いているようだ」

「…………」

「今のままなら、いずれ災難は免れまい」

「どうしたら、どうしたらよいのでしょうか」

孝太郎は泣き声になって、

「私は『伊勢屋』を出ます。そうしたら、死相は消えるでしょうか」

と、訴えた。

「無駄だ」

「えっ？」

「そんなことをしても怨霊は許さぬ」

「祈禱はいかがでしょうか」

「祈禱などきかぬ」

「では、どうしたらいいので」

「そなたに心当たりがあろう。もはや怨霊から逃れる術はない」

「…………」

孝太郎は目の前が暗くなるのを感じた。

はっと我に返ったとき、行脚僧の後ろ姿は遠ざかっていた。

夕暮れて、川辺にある葉を落とした柳の木も、川面（かわも）に浮かぶ芥（あくた）も、ぽつんと灯（とも）っている提灯の明かりも、目に入る風景はいっそう物悲しく感じられた。

お駒はこの日はお店に出ず、元鳥越町の家に帰った。

居間で、牧太郎が片肘（ひじ）をついて横になっていた。お駒が入っていくと、牧太郎は起き上がった。

「遅かったな」

「いろいろあって」

「何があったんだ？」

牧太郎が真顔になってきいた。

「大工の銀助さんが私の目の前で屋根から落ちて……」

お駒は詳しい話をする。

「ばかばかしい。銀助も孝太郎もどうかしている」

牧太郎が憤然と吐き捨てる。

「祟りなど迷信だ」

「帰り道に、通りすがりの行脚僧から死相が出ていると言われたの」

「死相？」

「怨霊に祟られている、怨霊から逃れるには、恨みの根を解決するしかないって」

「ばかな。そんなことをしたら……」

「そんなことをしたら何？」

お駒は牧太郎にしがみついてきいた。

「あのお方が許すはずない。いいか、これ以上口にしてはならぬ」

「どうして？」

「口を封じられる」

「………」

お駒は息を呑んだ。

「牧太郎さんが私を殺すの？」

「ばかな、何を言うのだ」

「だって、お白洲で嘘をついたのは牧太郎さんに頼まれたからよ。私はあなたのために嘘をついたの」

「わかっている」

「あなたも山野さまや生島さまから頼まれたからでしょう。私がほんとうのことを言えば、あなたが困るものね」

お駒は牧太郎を責めた。

牧太郎は尾崎家を勘当されていた。行く当てのない浪々の身だ。そんなとき、目付役辻村十郎佐の家来山野藤太、生島三十郎と知り合ったという。

だが今考えると、お駒を利用するために、ふたりは間夫の牧太郎に近づいたのではないか。お駒はそのことを言った。

「違う。ふたりは俺の窮状を知って、声をかけてくれたのだ」

牧太郎は否定した。

「牧太郎さんは利用されているだけなんじゃないの。いつか辻村さまの家来になるつもりなの？　勘当の身でそんなこと出来るわけないでしょう」

「お駒、俺は誰にも仕える気はない。おまえとふたりで自由に暮らしたいだけだ」

「お金はどうやって稼ぐのさ」

お駒はここぞとばかりにきいた。

「私が嘘をつくことで、いくらもらったの？　これからも、そんなことをして稼いでいくつもりなの？」

「お駒、どうしたんだ？　やけに絡むじゃないか」

「私、もうすぐ死ぬかもしれない」

「ばかばかしい。俺が怨霊など退治してくれる」

牧太郎は口元を歪めた。

「ねえ、教えて。道具屋の勘蔵を殺したのは誰なの」

「与吉だ」

「ちゃんと答えて」

お駒はきっとなって、

「牧太郎さんじゃないわよね」

と、確かめた。

「当たり前だ。俺じゃない」

牧太郎は強く言う。

「じゃあ、ほんとうのことを言いましょう」

「だめだ」

「だってこのままじゃ、私は死ぬかもしれないのよ」

「幽霊などいてたまるか。いるとしたら、おまえの臆病（おくびょう）が生み出した幻覚だ。気を確かに持てば怨霊など現われぬ」

牧太郎はお駒の肩を抱き締め、

「よいか。早まった真似はするな。あと、三日待て。それまでに怨霊を退治してみせる。よいな」

「それまでに私の命は失くなっているかも」

お駒は嘆くように言う。

「そんなことはない。必ず、俺がおまえを守る」

お駒は牧太郎の腕の中で、行脚僧の言葉をかみしめていた。


おくみはお稲荷さんにやってきた。青痣与力の妻女多恵から言われたように、与吉の妻としてやるべきことをしようと心に決めてから、悲しみは消えないものの、めそめそしていじけた日々から脱け出すことが出来た。

今は、お稲荷さんに新たなお願いをしにきた。お稲荷さんに願うべきことではないかもしれないが、おくみはあえてお稲荷さんに頼むことにしたのだ。今までの頼みは何一つ聞いてくれなかったから、これからは何かひとつは聞いてくれるはずだ。聞いてくれてもいいではないかという思いで、祠の前で手を合わせた。

「お願いです、与吉さんに会いたいんです。どうか幽霊でもいいから私の前に現われてと、与吉さんに伝えてください。お願いします」

おくみは熱心に手を合わせた。

ようやくお参りを終え、引き上げかけたとき、鳥居の前に男が立っていた。

「与吉さん」

願いが聞き入れられて、はやくも与吉の霊が現われたのかと思ったが、男は軽く会釈をした。

「すみません、与吉さんじゃなくて」

「まあ、太助さん」

「へえ、ちょっと多恵さまに頼まれてご様子を窺い(うかが)に長屋に行ったら、こちらだと聞いたもので」

「そうでしたか」

「ずいぶん、熱心にお手を合わせていらっしゃいましたが」

「はい。じつは、幽霊でもいいから私の前に現われてと、与吉さんに伝えてもらいたくてお願いしていたんです。それで太助さんのことを与吉さんだと……」

「そうですか。そのお気持ち、よくわかります」

太助は応じる。

ふたりは長屋まで歩いた。

「今も与吉さんの部屋を掃除しているんですってね。さっき大家さんに会ったらそう仰っていましたので」

「今は夜も与吉さんのところで過ごしています」

「そこでお休みなさっているんですか」

「そうです。そうすると、夢に与吉さんが出てくるんです」

「夢より、幽霊のほうがいいんですかえ」

「ええ」

おくみは恥じらうように頷く。

長屋木戸の前で、太助は立ち止まった。

「それじゃ、あっしはここで」

「奥様によろしくお伝えください」

「へい」

おくみは木戸を入って路地を自分の家までやってきた。戸を開けると、父親の留吉がひとりで酒を呑んでいた。

「おう、帰ったか」

「私も少しもらおうかな」

おくみは湯呑みをとって留吉の前に座った。

留吉が徳利(とっくり)から酒を注いでくれた。

おくみは一口すすった。

「辛い」

おくみは顔をしかめた。

「そうか、与吉はこの酒をよく呑んでいたぜ」

「そう」

おくみはいっきに呑み干した。

「おいおい、いくら与吉が好きだったからって無理して呑まなくてていいんだ」

「ううん。おいしいわ」

どんなことでも与吉のことを知りたかった。

「与吉さん、お酒は強かったのかしら」

「なんだ、知らないのか」

「だって、ふたりで呑むことなんてなかったもの」

「そういえば、与吉は俺の相手をしてくれていただけだったな。いつも湯呑みで軽く二杯ぐらい」

「そう。じゃあ、もう一杯もらおう」

おくみは今度は自分で酒を注いだ。

再び、いっきに呑み込んだ。

「おいおい、だいじょうぶか」

「だいじょうぶよ。ちょっと顔が熱くなってきたかな」

おくみは立ち上がり、

「おとっつあん、隣に行きます。お休みなさい」

「おう」

「あまり呑み過ぎちゃだめよ」

「わかっている。死んじまったおまえのおっかさんにもよく言われたよ」

与吉の部屋に入ったとたん、酔いがまわってきた。頭もずきんずきんしている。急いで布団を敷いて横になった。

すぐに眠りに入った。いつしか夢を見ていた。与吉と並んでどこかを歩いていた。萩(はぎ)が咲いている。向こうのほうには菊だ。白や黄色の花が咲いていた。花に見とれていて、気がついたとき、与吉の姿が見えなくなった。

「与吉さん。どこ?」

「ここだよ」

与吉が答える。

「ここって、どこ？」

おくみは焦って探し回った。だが、与吉が見当たらない。与吉さんと大声を出したとき、はっとおくみは目を覚ました。

暗い天井が見えた。ふと足元にひとの気配がした。

「誰？」

「おくみ。俺だよ」

台所の天窓から星明かりが射し込んで、男の顔を浮かび上がらせた。与吉だった。

「与吉さん」

おくみは起き上がりかけたが、酔いがまだ残っていて目がまわった。

「おくみ。そのまま横になっていな」

与吉がそばにきて手をとってくれた。柔らかく温もりがあった。

「来てくれたのね」

「俺はいつでもおまえのそばにいる。何も心配しなくていい」

「会えてうれしい」

体を起こし、おくみは与吉にしがみついた。与吉が力一杯おくみの肩を抱き締めてくれた。

目覚めたとき、天窓から朝陽が射し込んでいた。

昨夜、与吉が現われたのだ。たとえ幽霊だとしても与吉に会えてうれしかった。

起き上がって足元を見たとき、何かが落ちていた。畳んである手拭いだ。与吉のものだ。

やっぱり、夢ではない。与吉が会いに来てくれたのだと、手拭いを頬に当てたとたん、胸の底から込み上げてくるものがあった。やがて、おくみは突っ伏して泣きだしていた。

第四章　再会

一

剣一郎は多町一丁目にある医者の家に行った。屋根から落ちて足の骨を折ったという銀助はまだ医者の家で寝ていた。

剣一郎が顔を出すと、銀助は目を見開いた。

「青柳さま」

銀助は呟(つぶや)いた。

「棟梁(とうりょう)から聞いた。屋根から落ちたそうだな」

剣一郎は顔を覗(のぞ)き込む。

「へえ、どじを踏みました」

「棟梁も銀助が屋根から落ちるなんて信じられないと言っていた。何かあったのではないか」

「いえ、ただぼうっとしていて」

「女が訪ねてきたそうだな」

「…………」

「誰だ？」

「あっしは会ってませんので」

「ここにも来たそうではないか」

剣一郎ははっきり口にする。

「お駒という女だな」

「……はい」

銀助はしぶしぶ認めた。

「なぜ、お駒がそなたに会いに来たのだ？　どんな用だったのだ？」

「わかりません」

「ここで会ったはずだ」

「…………」

「棟梁の話だと、そなたは屋根の上から女の背後のほうに目をやっていたという。銀助、そなたはそこで何かを見たのではないか」

「いえ、何も見ちゃいません」

銀助は怯えたように言う。

「打ち所が悪かったら、命を落としていたかもしれぬのだ。正直に言うんだ。そなたは何かを見たのではないか」

剣一郎は問いつめる。

「どうだ、銀助。言えないのか」

「………」

「そうか。なら仕方ない」

剣一郎は諦めたように、

「今後もこのようなことが起きるかもしれぬ。十分に注意をするのだ」

と言い、腰を上げた。

「青柳さま」

銀助が口を開いた。

「なんだ？」

「与吉がいたんです」

「与吉だと」

「与吉がじっとあっしの顔を見つめていたんです。その顔に気づいたとき、全身が総毛立ち、足がよろけて……」

銀助はそのときの恐怖を語った。

「そうか、やはり与吉の霊が現われたか」

剣一郎は大仰にため息をつく。

「やはりって」

「そなたが屋根から落ちたのには深いわけがあるはずと思っていたのだ。それに、お駒がそなたを訪ねた理由だ。おそらく、お駒の前にも与吉の霊が現われたのであろう」

剣一郎は銀助の顔を見つめ、

「なぜ、与吉はそなたの前に現われたのだ?」

「わかりません。あっしが与吉に何をしたっていうんですか」

銀助は開き直ったように言う。

「恨まれる心当たりはないというのか」

「あっしはただ見たままをお白洲で言っただけです。逆恨みです」

「逆恨みか」

剣一郎は厳しい顔になって、

「銀助、そなたはほんとうにそう思っているのか」

と、きいた。

「へえ」

銀助の声は小さくなった。

「そなたのあの夜の動きは妙だった。建て前で酒を呑みすぎ、酔っぱらっていたから長屋を行き過ぎてしまったと言っていたが、棟梁の話ではそなたはあまり呑んでいなかったそうだ。それなのに、そなたは酔っていたから長屋を行き過ぎたという。そして、その先に勘蔵の道具屋があった」

「そんな前のことは忘れました」

「そうか。まあいい。銀助、そなたはしばらくここで養生するのだ。医者に頼んでおく。長屋に帰るのはやめたほうがいいだろう」

「…………」

「それから、そなたに何かを指図した者がいたとしたら、その者が見舞いと称してここに来ても会ってはならぬ」

「なぜですか」

銀助は怪訝そうにきく。

「そなたによからぬことを命じた者がいたとして、そなたが怨霊に祟られていると知ったらどう思うか。恐怖から真実を語ってしまうのではと、当然心配になるだろう。その口を封じようとするかもしれぬ」

「えっ」

「いずれにしろ、今のそなたは非常に危険な状況にある。十分に注意をすることだ」

「そんな」

銀助は泣き声で、

「どうしたらいいんですか」

と、訴えた。

「何かあったら自身番を通してわしに知らせるんだ。後悔せぬようにな」

剣一郎は医者の家をあとにした。

医者の家を出ると路地で待機していた当番方の若い同心にあとを託して、剣一郎は大伝馬町に向かった。

大伝馬町の『伊勢屋』にやってきた。

ちょうど店先に番頭の孝太郎がいたので声をかけた。

「これは青柳さま」

孝太郎は頭を下げる。

「どうした、顔色が悪いようだが」

「ちょっと疲れ気味でして」

頬(ほお)もこけたようだ。

「少し話がある。向こうに」

剣一郎は店横の路地に孝太郎を連れ出した。

「今、大工の銀助に会ってきた」

「…………」

「屋根の上から死罪となったはずの与吉を見たという。そのせいで、姿勢を崩してしまったそうだ」

「なんでそのようなことを私に」

孝太郎は顔をしかめた。

「与吉は首を刎(は)ねられる前に、お白洲で証言した者に祟ると言っていた。そして、じつはそのうちのひとりが大怪我を負った」

「………」

「そなたの前にも与吉の霊が現われたのではないか。どうだ、正直に言うのだ」

剣一郎は迫った。

「いえ」

「与吉の霊は現われなかったというのだな」

「私の前に現われる理由がありません」

「そなたが、与吉に勘蔵の家に行くように伝えたのだ。それに従って、与吉は勘蔵のところに行った」

「私は勘蔵さんに頼まれたことを告げたまでです」

「ほんとうに勘蔵から頼まれたのか」

「はい」

「もうひとつ。お駒がここを訪ねてきたそうだな」

「………」

「お駒は銀助のところにも顔を出している。お駒も怨霊に祟られているのではないか。ふたりが祟られているのに、そなただけが何事もないとは考えられぬ」

「それは」

孝太郎は俯いた。

「正直に言うのだ。このままでは取り返しのつかぬことになる。これは銀助にも警告をしたことだが、もし背後に偽りを述べさせた者がいたとしたら、その者はそなたが恐怖から真実を口にすることを阻止しようとするだろう。口封じに動くはずだ」

「………………」

「まあ、いい。それより、ききたいことがある」

剣一郎は鋭い目を向け、

「『伊勢屋』の主人の容体だ」

と、口にした。

「主人は奥の部屋でほんとうに臥せっているのか」

「臥せっていると思います」

「思う？　そなたも知らないのか」

「はい。奥に入ることは禁じられているので」

「なぜだ？」

「旦那さまが衰えた姿を誰にも見せたくないと強く拒まれているからです」

「主人が生きているのは間違いないのか」

「はい。内儀さんも普通に何事もなく日々をお過ごしでいらっしゃいますから」

「主人の妹も会わせてもらっていないようだ」

「私にはわかりません」

孝太郎は激しく首を横に振った。

「最後に一言申しつけておく。怨霊はそなたの大事なものにも取り憑くかもしれぬ。小春という女だ。小春を守るには何をすべきか、よく考えるがいい」

「…………」

茫然としている孝太郎を残し、剣一郎は『伊勢屋』をあとにした。


その足で、剣一郎は薬研堀の料理屋『名月』を訪れ、帳場の奥にある部屋で、女中のお駒と差し向かった。

やはり、先日と違い、顔色が悪かった。

「大工の銀助はそなたの目の前で屋根から落ちたそうではないか。さぞ、驚いたであろうな」

剣一郎は同情するように切り出した。

「はい」

お駒は息を呑んで頷く。

「屋根の上から与吉を見たそうだな。そなたの背後に立っていたという」

「…………」

「なぜ、銀助に会いに行ったのだ？『伊勢屋』の番頭にも会っているな」

「はい」

「なぜだ？」

「私の前にも与吉さんの亡霊が現われました。気のせいかと思ってふたりに確かめに行ったんです」

「そして、銀助のところに行ったら、屋根から落ちたというわけか」

「まるで、私が与吉さんの霊を連れて行ったようで……」

「そなたはこれからどうするつもりだ？　怨霊の祟りから逃れられると思っているのか」

「いえ」

お駒は首を横に振った。

「町ですれ違った行脚僧(あんぎゃそう)から死相が出ていると言われました。怨霊から逃れるには恨みの根を除くしかないと」

「では、真実を語るか」

「そんなことをしたら……」

お駒が言いさした。

「どうした？」

「なんでもありません」

「お駒。真実を語るのだ。奉行所がそなたを守る」

「でも」

お駒は俯いた。

「このままでは決していいことはない。よく考えるのだ。よいな」

「はい」

「ひとつ、ききたいことがある。尾崎牧太郎には侍(さむらい)の知り合いがいるな」

「はい」

「辻村十郎佐さまの家来か」

「そうです。山野藤太さまと生島三十郎さまです」

「尾崎牧太郎とは古い付き合いなのか」

「牧太郎さまはそう仰(おっしゃ)っていますけど。実際はもっと最近だと思います」

「最近というと?」

「ええ……」

「そなたに偽りを述べさせるために、尾崎牧太郎に近づいたということだな」

剣一郎は鋭くきいた。

「………」

お駒は押し黙った。

「よいか。真実を語りさえすれば怨霊の祟りから逃れられるのだ。よく考えよ」

剣一郎は言い捨て、お駒と別れた。

お駒は目の前で銀助が屋根から転落するところを見たせいか、怨霊への恐怖心は強い。

いずれ、ほんとうのことを話してくれる。そんな気がした。

だが、尾崎牧太郎もまた同じ考えにいたるだろう。そのとき、牧太郎は果たして山野藤太や生島三十郎側に立つのか、それともお駒を守る側に立つのか。

もし、山野や生島側につくとしたらお駒の身が危ない。尾崎牧太郎はいざとなったらお駒を見捨てるのではないか。剣一郎はそう思った。

二

薬研堀から奉行所に戻った剣一郎は、すぐ宇野清左衛門のところに行った。

「宇野さま、よろしいでしょうか」

文机に向かっている清左衛門に声をかけた。

書類から顔を上げ、清左衛門は振り向き、

「青柳どのか。向こうへ」

と、待っていたように立ち上がった。

空いている部屋に入り、差し向かいになった。

「三人はかなり応えております。じきにほんとうのことを語るようになると思います」

剣一郎はこれまでの経緯を説明した。

「そうか」

「ただ、背後で指図をした者による口封じの恐れがありますので、警戒しておきませぬと」

剣一郎は言ってから、

「それから、お駒の間夫尾崎牧太郎とつるんでいた侍は、やはり辻村十郎佐さまの家来で山野藤太と生島三十郎だということです」

「だんだん、見えてきたようだな」

「はい」

「わしのほうも、辻村十郎佐さまについて調べた。じつは少し複雑だ」

清左衛門はそう切り出し、

「辻村十郎佐さまは今、三十八歳。奥方がいるが、子どもはいない。御役目を休まれている辻村さまは、三月ほど前から病に臥しているらしい」

「病に？」

「そうだ。それで、世嗣のいない十郎佐さまは前々から養子をとるつもりでいたが、近いうちに弟の五郎太どのが辻村家の代を継ぐのだという」

「すると、『伊勢屋』の内儀のおふじが足繁く辻村家に通っているのは、弟君を訪ねているということですか」

「そうなのかもしれぬ。この弟は三十二歳で独り身。『伊勢屋』の内儀との関係も頷ける」

「すると、同じ頃に『伊勢屋』の主人も病に倒れたということになりますね」

「そうだ。この辺りに何かありそうだ」

清左衛門も厳しい表情になった。

奥方がいるのにどうして堂々とおふじは辻村家の屋敷を訪れることが出来たのか不思議に思っていたが、弟君のほうを訪ねていたのであれば問題はない。だが、何かが腑に落ちなかった。

「やはり、複雑な関係にありますね」

「そうだ。こうなると、ますます『伊勢屋』の主人の身が心配だ」

砒毒などを盛られ、だんだん体が衰弱しているのかもしれないと考えたが、誰も主人の姿を見た者がいないことから、ある懸念がずっと剣一郎の心に残っていた。

すでに、主人はこの世にいないのではないか。

そう考えれば、勘蔵殺しとの結びつきも容易に想像がつく。

勘蔵は『伊勢屋』の主人が死んでいることを知っていた。さらに言えば、主人の死に深く関わっているのかもしれない。

「どうしても、『伊勢屋』の奥座敷に踏み込んでみないとなりません」

剣一郎は明日にでもおふじに掛け合おうと思った。


夕七つ(午後四時)前に、京之進が奉行所に戻ってきた。

与力部屋の剣一郎のところに、京之進がやってきた。

「『伊勢屋』の主人の妹はどうなった?」

「だめだったそうです。『伊勢屋』を訪れ、強引に奥に行こうとしたそうですが、おふじに遮られたと」

「そうか」

「妹が兄はほんとうは死んでいるのではないかと迫っても、おふじはただ笑っていただけだそうです」

「よし、妹に訴えさせ、『伊勢屋』に踏み込もう」

「わかりました。これから妹に会ってきます」

そう言い、京之進は下がった。

その夜、五つ(午後八時)、剣一郎は薬研堀の料理屋『名月』が見通せる暗がりに立っていた。

米沢町では『伊勢屋』の番頭孝太郎の女小春が呑み屋をしている。孝太郎の警護は京之進に任せている。今夜、孝太郎が小春のところにやってくるかどうかはわからない。

やはり、狙われるのはお駒のような気がしている。そこへ元柳橋を渡って誰かがやってきた。尾崎牧太郎だ。お駒を迎えに来たのか、それとも……。

料理屋からの客を乗せた駕籠が何台か通って行った。月が雲間に入ったり、出たりしている。

さらに四半刻（三十分）後、お駒が出てきた。牧太郎が歩み寄る。ふたりは何事か囁き合い、そのまま元柳橋を渡り、両国広小路を突っ切り、浅草御門に向かった。

剣一郎はあとを尾ける。ふたりは浅草御門をくぐらず、柳原の土手のほうに向かった。

途中、お駒が立ち止まったが、牧太郎が何か言っている。

再び、ふたりは土手に向かって歩きだした。剣一郎は気配を消してあとについて行った。ふたりは土手に上がった。

剣一郎も遅れて土手に上がる。新シ橋のほうにふたりは向かった。

するとその前方の柳の陰から覆面の侍が突然現われた。

善照寺で剣一郎を襲った侍のうちのひとりと背格好が似ている。山野藤太か生島三十郎か。

「牧太郎さん、どういうこと？」

お駒がいきなり叫んだ。

「許してくれ。俺はこの道を選んだ」

「ひどいわ」

お駒は詰った。

「お駒、悪く思うな。そなたは怨霊への恐れから何でもべらべら喋ってしまいそうなのでな」

覆面の侍が言う。

「山野さまね」

お駒は後退って言う。

「覚悟」

覆面の侍が剣を抜いた。

「待て」

剣一郎は怒鳴（どな）って飛び出した。

「あっ、あんたは」

牧太郎は狼狽（ろうばい）した。

「尾崎牧太郎。自分の大事な女を犠牲にして何とも思わぬのか。なんと見下げた男だ」

剣一郎は吐き捨てる。

「牧太郎。構わぬ、ふたりで殺（や）るんだ」

そう言うや否（いな）や、覆面の侍が上段から斬り込んできた。剣一郎は抜刀して相手の剣を弾き、お駒を背中にかばった。

「牧太郎、斬れ」

剣一郎に剣を向けながら、覆面の侍は牧太郎に命じた。

「山野さん。俺たちの敵（かな）う相手ではない」

牧太郎は覆面の侍をなだめるように言う。

「貴様、裏切る気か」

「目が覚めた。俺はたいへんな間違いをするところだった」

「おのれ」

覆面の侍はいきなり踵(きびす)を返し、新シ橋のほうに向かって走りだした。

「お駒、すまなかった。許してくれ」

牧太郎はお駒に頭を下げた。

「でも、これで生きる道を失(な)くしたのよ」

「かえってよかった。あんな連中についていったら、俺はますますだめになっていった」

牧太郎は剣一郎に顔を向け、

「青柳さま。与吉の件で偽りを言うようにお駒に頼んだのは、この私なんです。今の山野藤太と生島三十郎が近づいてきて、辻村十郎佐さまの家来に取り立ててやるからと」

「勘蔵を実際に殺したのは誰だ？」

剣一郎はきいた。

「山野か生島のどちらかです」

「勘蔵をどうして殺さなければならなかったか、そのわけを知っているか」

「いえ、教えてもらえませんでした」

「大工の銀助に偽りを言うように命じたのも山野か生島か」

「そうです。博打（ばくち）の負け金を肩代わりしてやるからと言って誘ったようです」

「『伊勢屋』の孝太郎は？」

「それはわかりませんが、おそらくは……」

「『伊勢屋』で何があったのかは知らないのだな」

「私を利用するだけで、何も教えてくれませんでした」

　牧太郎は悔しそうに言う。

「ふたりとも、今のことをお白洲でちゃんと話してくれるな」

「はい」

　お駒は答えたあとで、

「でも」

　と、声を詰まらせた。

「今さらほんとうのことを言っても、与吉さんは帰ってこないんです。私はたいへんなことをしちゃったんだと……」

　お駒が嗚咽（おえつ）を漏（も）らした。

「お駒。おまえは俺のためにあんなことを言ったのだ。恨まれるべきは俺で、おまえではない」

牧太郎も苦しそうに言う。

「お駒、そなたの気持ちはきっと与吉に届く」

剣一郎はそう慰め、

「よもや仲間を揃えてもう一度襲ってくることはあるまいと思うが、念のためだ。ふたりとも今夜は大番屋に来てもらおう」

「わかりました」

ふたりは素直に、剣一郎とともに大番屋に向かった。


翌朝、南茅場町の大番屋に行くと、京之進がお駒と尾崎牧太郎から話を聞いていた。

「ふたりは素直に話してくれました」

京之進が言う。

「よし。では、ふたりに警護の者をつけて家に帰ってもらおう」

「わかりました」

「銀助もすぐ落ちるはずだ。番頭の孝太郎もふたりが打ち明けたと知ったら、観念するだろう。その前に、『伊勢屋』の主人だ」

「大伝馬町の自身番に待たせております」

そこで『伊勢屋』の主人の妹おさとと落ち合うことになっている。

すぐに剣一郎と京之進は大伝馬町の自身番へ向かい、『伊勢屋』の主人の妹と会った。妹は三十前後の小柄な女だった。

「伊勢屋友右衛門の妹のさとです」

妹のおさとは剣一郎に挨拶をした。

「最後に、兄の友右衛門に会ったのはいつだ？」

「今年の五月です」

「それから会っていないのか」

「はい。倒れたのは六月だそうですが、そのことを聞いたのもひと月ぐらい経ってからでした。そのときは、もう会いたくないからと」

「よし。行こう」

剣一郎たちは『伊勢屋』に向かった。

家族用の出入り口の戸を開け、おさとは土間に入って声をかける。

「ごめんくださいな」

すぐに女中が出てきた。おさとの背後にいる剣一郎と京之進に気づいて、女中は表情を変えた。

「おふじさんを呼んでちょうだい」

「はい」

女中はあわてて奥に戻った。

しばらくして、内儀のおふじがやってきた。

「まあ、おさとさん。それに、青柳さままで」

おふじは不思議そうな顔をした。

「おふじさん。兄さんに会わせて」

おさとは強い口調で言った。

「先日も会わせてくれなかったから、青柳さまに相談したんですよ。ここまで会わせようとしないのは何か疚しいことがあるんじゃありませんか」

「内儀。わしも伊勢屋に会って確かめたいことがあるのだ」

剣一郎が口を出した。

「そうですか。まあ、ともかくお上がりください」

おふじは三人を内庭に面した部屋に通し、

「今、都合をきいてきます」

と言い、部屋を出て行った。

「この前もここまで通されましたけど、結局会えませんでした。今日も同じでしょうか」

おさとが不満そうに言う。

「いや、もし拒んだら御用の筋で押し通る」

京之進が口にした。そこへおふじが戻ってきた。

「お会いするそうです。どうぞ、こちらへ」

剣一郎は耳を疑った。

「本人がそう言ったのか」

「はい。どうぞ」

三人は立ち上がり、おふじのあとに従った。

廊下の途中に戸があった。その戸を開け、

「こちらへ」

と、おふじは誘う。

このような仕切りを設けるのは、やはり何かあると思いながら、剣一郎はおふじのあとに続いた。庭木は手入れが行き届いている。

奥の部屋の前で、おふじは立ち止まった。

三人に顔を向けてから、障子を開けた。

おさとに続いて、剣一郎も中に入る。

布団に男が横たわっていた。

「おまえさん」

と、おふじが呼びかけて布団に近寄る。

三十半ば過ぎの細身の男が臥していた。男はおふじの手を借りて半身を起こした。

「兄さん」

おさとが叫んだ。

「なんだ、おさと。そんな声を出して」

男が苦笑した。

「友右衛門か」

剣一郎は男に声をかけた。

「はい。『伊勢屋』の主人の友右衛門にございます」

「顔色はよいようだな」

「はい。もうこのとおり、起き上がれるようになりました」

「なぜ、見舞い客に会おうとしなかったのだ？　妹のおさととも会わなかったというではないか」

「はい」

友右衛門は頷き、

「おさと、すまなかった」

と、顔を向けて謝った。

「心配したのよ」

おさとが詰るように言う。

「じつは、高熱に浮かされ、全身がだるく、起きていられなくなりました。それだけでなく、顔や手足にぶつぶつが出来たのです。御目見得医師に診立ててもらったところ、原因のわからない病で、非常に苦しいものでして」

友右衛門は説明する。

「人に移してしまうかもしれず、中風で倒れたことにして、人との関わりを避けながら治療を受けていたのでございます。でも、おかげでだいぶよくなってきました」

　剣一郎は疑問を口にする。

「医者の源安がときどき往診（おうしん）していたようだな」

「源安先生には来ていただかなくてもよかったのですが、誰にも会わないことで変な憶測（おくそく）を生んではいけないと思い、せめて源安先生にはお目にかかっておこうと思いまして」

「で、今は完治に向かっているのか」

「はい。じきに動けるようになるだろうと」

「確かに、顔色はよい。だったら、先日、おさとさんが見舞いにきたとき、会うことは出来たのではないか」

「はい。ですが、一度見舞いを許せば、他のひとも見舞いに駆けつけるようになると思いまして。ですが、青柳さまにまでお出ましいただいては、もう顔を出したほうがいいと考えました」

「いずれにしろ、安心しました」

　おさとがほっとしたように言う。

　友右衛門はもっともらしく経緯を語ったが、剣一郎はどこか腑に落ちなかった。いくらなんでも、この三月近く他人に顔を晒さなかったことがひっかかった。

それに肝心なことがある。おさとの前で、勘蔵の話をするわけにはいかず、

「なにより、無事に回復しつつあることは喜ばしい。また、改めて話を聞くことにする」

そう言い、剣一郎は京之進に目配せして腰を上げた。

おふじが見送りについてきた。

「そなたはたびたび辻村十郎佐さまのお屋敷を訪ねていたようだが、何しに行っていたのだ？」

途中で、剣一郎はきいた。

「じつは辻村さまも同じ時期に倒れられたのです。そのお見舞いをかねて」

「それにしては向こうの屋敷で長く滞在していたようだが」

「奥方さまがとても心細がっていたので、お慰めに」

おふじは平然と答える。

「辻村さまの容体はどうなのだ？」

「あまり芳しくはないようです」

「そうか」

剣一郎は土間におり、

「それにしても、同じような時期に、伊勢屋と辻村さまが倒れられたというのも不思議だな」

と、おふじの顔を見た。

「ほんに」

「辻村家は弟君が家を継ぐそうだが」

「はい」

「そうなると、奥方はどうなるのか」

「さあ、私にはそこまで深入り出来ませんので」

「そうであろうな」

剣一郎は戸を開け、

「改めて、伊勢屋に話を聞きにくる」

と、おふじに告げた。

外に出て、剣一郎は不審を口にした。

「不思議だ。今になって伊勢屋が現われたのが腑に落ちぬ」

「肌艶(はだつや)もよく、ぶつぶつが出来ていたような痕(あと)は見えませんでした」

京之進も首を傾(かし)げた。

「源安に会ってこよう」

剣一郎が話すと、京之進も勇んで言った。

「私は銀助を問い詰めてきます」

「あとでそっちにまわる」

京之進と分かれ、剣一郎は小伝馬町の源安の家に行った。

ちょうど往診から帰ってきたばかりの源安と土間で向かい合った。

「そなたは『伊勢屋』にときたま往診に行ったが、遠くから主人の様子を窺(うかが)うだけで、直(じか)に伊勢屋の容体を診ていなかったそうだな」

「はい。さようで」

「そなたが会ったのはほんとうに伊勢屋だったのか」

「はい、伊勢屋さんでした」

「伊勢屋は体は痩(や)せ細り、幽鬼(ゆうき)のような姿だとそなたは言っていたそうだが、それは間違いないか」

「はい」

「さっき、伊勢屋に会ってきた。元気そうだった。そなたの話とだいぶ違うが？」

「えっ？」

源安はびっくりしたようであわてて、

「じつは、他人にきかれたら、そう答えるように内儀さんから頼まれて」

「そなたが会ったのは伊勢屋に間違いないのか」

「そうです。伊勢屋さんでした」

「伊勢屋の顔や手足に何か出来ていたか」

「顔や手足ですか」

「ぶつぶつが出来ていたのではないか」

「いえ。そんな感じはありませんでした」

「そうか。わかった」

剣一郎は外に出た。やはり、源安には伊勢屋が店にいることを見せつけるためだけに呼んでいたのかもしれない。

いったい、道具屋の勘蔵は何をねたに金を得ていたのか。そのことを考えながら、多町一丁目に向かった。

三

多町一丁目の医者の家に行くと、京之進はまだ銀助の枕元にいた。

「どうだ？」

剣一郎は京之進にきいた。

「銀助は話してくれました」

「そうか」

剣一郎は銀助の顔を覗いた。

銀助は微かに頷いた。

「声をかけたのは、山野藤太か生島三十郎か」

「山野藤太だそうです」

京之進が答えた。

「やはり、あの夜、勘蔵の家の近くに先回りをして待っていたそうです。そこに与吉がやってきて家に入って行き、すぐに出てきたところに飛び出したということです。銀助、間違いないな」

京之進は確かめる。

「へい」

「で、真の下手人は？」

「山野藤太です」

銀助が答え、

「与吉が逃げたあとで、山野藤太は現場から逃げて行きました」

と、続けた。

「何のために、勘蔵を殺したのか、山野藤太は話はしなかったか」

「いえ。ただ言う通りにしたら、借金を肩代わりしてやるとだけ」

「そうか、あいわかった」

「あっしはどうなるんで？　与吉さんを殺したも同然ですから、死罪にならなくても遠島でしょうね。その前に、怨霊に……」

銀助は涙ぐんだ。

「銀助。すべて正直に話すことで道が開けるのだ。今、正直に話したことで、もはや怨霊は取り憑かぬ」

「へい」

銀助は大きくため息をついた。

京之進といっしょに外に出てから、

「あとは番頭の孝太郎だ」

と、剣一郎は口にし、

「これから、孝太郎を大番屋に引き連れるのだ」

「わかりました」

京之進は意気込んで言い、岡っ引きとともに『伊勢屋』に急いだ。

剣一郎も遅れて『伊勢屋』に着いたとき、京之進が焦ったように駆けてきた。

「孝太郎はちょっと前に出かけたそうです」

「どこだ？」

「それがわからないのです。店の用事ではないようだと手代が言ってました」

「まさか」

剣一郎ははっとした。

何者かに誘き出されたのかもしれない。

「手分けをして、孝太郎を探すのだ」

「はい」

京之進は伊勢町堀のほうに向かった。

ふと、剣一郎は孝太郎の女のことを思い出し、米沢町に足を向けた。

『小春』という料理屋の前にやってきた。戸が閉まっている。孝太郎が来ている形跡もなく、小春もいなかった。

「青柳さま」

突然、声をかけられた。

声の主は太助だった。

息せき切って、太助が目の前に駆けてきた。

「どうした?」

「さっき、小春って女が三人の侍に連れられて両国橋を渡って行きました」

「なに? で、どこに行った?」

「本所二ツ目の弥勒寺の裏です」

「よし」

剣一郎は事態を呑み込み、すぐに本所二ツ目に向かった。

竪川にかかる二ノ橋を渡り、弥勒寺の前にやってきた。すでに陽が沈みかけていた。

門前は茶店も出て、賑わっている。剣一郎と太助は山門をくぐった。境内にはひとがたくさんいた。

そのまま本堂の脇を通って裏門に向かう。

裏門を出ると、すぐ五間堀だ。川の向こうに武家屋敷の塀が見える。

辺りは静かだ。小春を連れ出した侍や孝太郎の姿はない。

「どこに行ったんだ？」

太助が焦ったように辺りを見回す。

「あれは？」

三人の侍が木立の中から出てきて、弥勒寺の塀沿いを竪川のほうに逃げるように駆けて行った。その中のひとりが山野藤太のようだった。

胸騒ぎを覚え、剣一郎は木立の中に駆け込んだ。すると一軒家を見つけた。庵のような小さな建物だ。朽ちかけている。空き家だ。剣一郎はそこに向かった。

雨戸は閉まっている。戸口に向かった。太助が戸に手をかけた。

「開きます」

太助はいっきに戸を開けた。

剣一郎が土間に入る。天窓からの明かりが隣の部屋のとば口を照らしていた。その中に、ひとの足らしいものが見えた。

剣一郎は駆け込んだ。孝太郎と女が並んで倒れていた。血は流れていない毒を呑まされたのだ。だが、まだ息があった。

「太助、水だ」

剣一郎と太助はふたりの口に大量の水を注いだ。

翌日、剣一郎は森下町（もりしたちょう）にある医者の家を訪れた。昨夜、孝太郎と小春を運び込んだところだ。

ゆうべは苦しんでいたが、明け方にはふたりとも落ち着いてきたと、老練な医者は言った。

枕元に座っていると、孝太郎が目を覚ました。

孝太郎は寝たまま辺りを見回し、剣一郎に気づいて不思議そうな顔をした。

「青柳さま」

「気がついたか」

「ここは？」

「森下町にある医者の家だ」

「あっ」

孝太郎は思い出したらしく、体を起こそうとした。

「無理するな」

「小春は？」

「心配ない。横にいる」

剣一郎が言うと、孝太郎は顔を横に向けた。

「小春」

孝太郎が叫ぶように声をかけた。

苦しそうな顔をしていた小春が目を開けた。

「小春。よかった」

小春は黙って頷いた。

「孝太郎。毒を呑まされたのだな」

「はい。お店に山野さまがやってきて、小春が急病で苦しがっているからすぐ来てくれと。駕籠が待っていて、弥勒寺の山門で下り、山野さまに連れられて弥勒寺の裏にある庵に行きました。すると、そこに小春が……」

「小春を見張っていたのは生島三十郎とその仲間だな」

「そうです。それから、強引に毒を呑まされました」

そう言ったあとで、

「青柳さまが助けてくださったのですね」

と、孝太郎はきいた。

「三人が逃げて行くのを見て、庵に駆け込んだのだ」

剣一郎は庵に駆けつけた経緯を話してから、

「孝太郎、もう正直にほんとうのことを話してくれるな」

と、促した。

「はい」

「与吉に勘蔵の家に行くように言えと、誰がそなたに命じたのだ?」

「山野さまです」

「なぜ、山野藤太はそなたにそんなことを指図したのだ?」

「『伊勢屋』と辻村さまとは何年か前から親しくしておりました。殿さまがお忍びで『伊勢屋』に来るときは、必ず山野さまと生島さまが供で参りました。その関係で、お互いに顔馴染になっておりました」

孝太郎は息をついで、

「主人が中風で倒れたあと、内儀さんは病気の亭主を放って辻村さまの屋敷に行っている。このことを世間に知られたくなければ金を出せと、勘蔵が内儀さんを強請ってきたそうです。それがだんだん要求が大きくなったので、殿さまも勘蔵を始末しなければならなくなったと」

「それは山野から聞いたのか」

「はい、山野さまからです」

「内儀からは？」

「いえ、内儀さんからは何も聞いていません」

「山野の言葉を信じたのか」

「はい。旦那さまが中風で倒れてからというもの、内儀さんが足繁く辻村さまのお屋敷に行くのを私も不審に思っていましたので」

「しかし、同じ頃、辻村さまも病に倒れたそうだ。そのことを知っているか」

「はい。それで、弟君に家督を譲ることにしたと聞いています」

「そなたは内儀が辻村さまと不義を働いていると思っていたのだな」

「はい」

「しかし、内儀は臥せっている辻村さまに会いに行っていたのか」

「そうですね」

「まさか、病気の亭主を放って辻村さまの看病に行っていたわけではあるまい。向こうには奥方もいるのだ」

「わかりません」

孝太郎は考え込んだ。

「そもそも、『伊勢屋』と辻村さまのつながりはなんなのだ?」

「辻村さまがお金を借りに来ていたのです。『伊勢屋』は辻村さまにかなり融通しています。その代わり、他の旗本のお屋敷にも出入り出来るように口添えいただき、そのおかげで『伊勢屋』も儲けさせていただいておりました」

「なるほど。そういう関係か。そのうち、内儀と辻村さまが親しくなった。それを勘蔵に知られ、内儀が強請られていたということになるが」

剣一郎はふと小春に目をやってから孝太郎に疑問を抱いた。

「山野の話を鵜呑みにしてしまったにしても、そなたはなぜ、言いなりになったのだ。なぜ、断らなかったのだ?」

「それは……」

「そなたも、勘蔵が内儀を強請っていることに気づいていたのか」

「いえ」

「ひょっとして断れないわけがあったのではないか」

「…………」

孝太郎は目を伏せた。

「そなたに何か弱みがあったのだな。小春に関係しているのか」

「……はい」

孝太郎は答えた。

「使い込みか」

剣一郎はずばりと言った。

「小春に呑み屋をはじめさせたくて、つい店の金を……」

「それを旦那に見つかったのだな」

「はい。旦那さまは許してくださいました。ですから、お店に害をなす勘蔵を殺す手助けをすることにためらいはありませんでした」

「しかし、そのために与吉を犠牲にした」

「はい、申し訳ないことをしました」

孝太郎は目を閉じた。

「勘蔵を手にかけたのは誰だ？」

「山野さまと生島さまだと思います。このふたりが中心になって動きまわっていましたから」

「もうひとりの侍は？」

「大塚とか呼ばれていましたが、ふたりに使われているような感じでした」

「よく話してくれた。銀助もお駒もちゃんと打ち明けてくれた。これで、与吉の名誉が回復出来る」

剣一郎はほっとしたように呟いた。

「あとで同心の植村京之進が話を聞きに来る。よいな」

「わかりました」

剣一郎は医者の家を出た。

朝は肌寒さを感じるようになったが、陽が上ると暖かい。川風を受けながら、剣一郎は両国橋を渡った。

これで事件が解決したわけではない。まだ大きな謎が残っている。

勘蔵殺しで動いていたのは辻村十郎佐の家来の山野藤太と生島三十郎、それに大塚という侍だ。

この三人が自分たちの考えで、勘蔵を殺したとは思えない。命令出来るのは、辻村十郎佐本人だ。

『伊勢屋』の内儀との不義を伊勢屋に知られたからといって勘蔵を殺さねばならなかったのだろうか。確かに、主に知られたら金の返済を迫られるかもしれない。そのことを恐れたとも考えられるが。

しかし、孝太郎は、『伊勢屋』も辻村十郎佐のおかげで他の旗本とも取り引きができるようになったと言っていた。伊勢屋は辻村十郎佐にそこまでするだろうか。

そこまで考えて、伊勢屋と辻村十郎佐がほぼ同じ時期に病に倒れたという事実に思いが向かった。

伊勢屋が病に倒れたことは自分で口にしていたし、その間、誰も旦那の姿を見ていないことでも明らかだ。一方、辻村家でも十郎佐が病気を理由に弟に家督を譲ろうとしている。

ふたりはほぼ同時に病に倒れたことになる。しかし、ふたりとも三十七、八歳だ。そうそう病に倒れる年代ではない。

剣一郎は伊勢屋の症状を思い出した。顔や手足にぶつぶつが出来て醜いから人前に顔を晒さなかったということだが、昨日会った伊勢屋からはそのような痕は見出せなかった。

ここに何か秘密が隠されているのではないか。剣一郎の眼光は鋭くなっていた。

剣一郎は隠密同心の作田新兵衛に、辻村家の屋敷の探索を依頼しておこうと思った。

四

おくみは暖かい陽射しを浴びながら八丁堀に入ってきた。

晩秋は物悲しい。与吉を喪った悲しみは癒えることはない。それでも、いつまでもくよくよしていたら、与吉さんが悲しむ。青痣与力の妻女多恵から言われたことをしっかと心に受け止め、気を張って過ごしてきた。

だが、ときにたまらなくやるせなくなることがある。そんなとき、多恵に会いたくなるのだ。

多恵のおかげでどんなに救われたことか。おくみが多恵に会いたいと思っていたときに、太助がやってきて「多恵さまが会いたがっている」と声をかけてくれたのだ。

おくみは喜び勇んで長屋を出てきた。

途中にあった茅場町薬師でお参りをし、おくみは青柳剣一郎の屋敷に急いだ。屋敷に着くと、多恵は待ちかねたようにおくみの手をとって奥の部屋に通してくれた。

「奥様、お呼びいただいてとてもうれしかったです。ありがとうございました」

おくみは丁寧に挨拶をした。

「元気そうで安心しました」

「ええ。そうそう、この前、与吉さんが会いに来てくれたんです」

「会いに？」

「夢だったか、霊なのか、はっきりしないんですが、確かに私は与吉さんの温もりを感じたのです」

「そう」

「これからも、与吉さんは会いに来てくれると思います。だから、私は寂しくありません」

そう言いながら、胸の底から悲しみが込み上げてきて、嗚咽をもらした。

「すみません」

おくみは謝った。

「おくみさん。きょうは大事なお話があって来てもらったの」

「大事な話？」

おくみは首を傾げた。

「おくみさんの訴えを聞いて、うちのひとが事件を調べ直したの」

「奥様、もういいんです」

「私の話を最後まで聞いて」

「はい」

おくみは畏(かしこ)まった。

「それで、与吉さんは無実だという感触を得たそうなの。でも、与吉さんが下手人だという証(あかし)がすでに揃っていて……」

なんで今頃、多恵はこんな言い訳をするのだろうと思った。だが、最後まで聞こうと思いなおして、おくみは口をはさむのを控えた。

「さらに調べていくと、事件に旗本が絡んでいるとわかり、与吉さんの無実を明かすことは難しいと考えたそうなの。そこで、うちのひとは突拍子もないことを考えた……」

「突拍子もないこと？」

おくみは思わず身を乗り出していた。

「与吉さんを陥れる偽りを述べた三人は根っからの悪人ではなかった。逆に言えば、それだから奉行所はこの三人の話を信用したのですけど。この者たちにはまだ良心が残っているはず。そこに働きかけようとしたのです」

おくみは多恵の言葉を聞きながら、その正体はまだはっきりしないものの、何かが胸の底から湧き上がってくるような思いに襲われた。

「それはうまくいきました。三人はすべて正直に打ち明けてくれたそうです。つまり、与吉さんを罠にはめる企みに加担したことを認めたのです」

「…………」

「これで、与吉さんの無実がはっきりしました」

「でも、いくら無実がはっきりしても、肝心の与吉さんがいなければ……」

「そうね。どうぞ、お入りなさい」

多恵は襖の外に向かって声をかけた。

おくみは身を硬くして襖が開くのを待った。

静かに襖が開き、若い男が入ってきた。幻覚に襲われたのか。おくみは茫然とした。

「おくみ」

若い男が声をかけた。

「与吉さん、ほんとうに与吉さんなの」

これは夢だ。夢なら覚めないでと思いながら、おくみは立ち上がった。だが、足に力が入らず、よろけそうになった。

与吉が駆け寄り、おくみの体を支えた。

「おくみ」

与吉がおくみの肩を抱き寄せた。あの夜と同じ温もりがした。

「与吉さん」

夢かうつつか判断がつかないまま、おくみは与吉にしがみついた。

「心配かけてすまなかった。もうだいじょうぶだ。俺は帰ってきた」

おくみは涙が流れてきた。そのまま、与吉の腕の中に身を委(ゆだ)ねた。やがて、穏やかな気持ちになっていた。

多恵がそっと部屋から出てきた。

剣一郎が立っていたのを見て、多恵は目顔でだいじょうぶですと言い、剣一郎とともに居間に行った。

「いろいろ、ご苦労だった」

剣一郎は声をかけた。

「いえ。私よりおまえさまのほうこそ辛かったでしょう」

多恵はいたわるように言う。

「おくみに何度、ほんとうのことを打ち明けようとしたか。しかし、秘密を守るためには言えなかった。人を騙(だま)すことなど出来そうになかったのでな」

剣一郎は苦しい胸の内を吐露(とろ)した。

「真っすぐな娘さんですから……でも、私にも言わないなんて」

「すまなかった」

剣一郎は謝ったが、

「しかし、そなたは何もきこうとしなかった。それどころか、気づいているような節があった。何か感じたのか」

と、不思議に思っていたことをきいた。

「何年いっしょにいると思っているのですか。悲嘆に暮れているおくみさんを見て、青痣与力がこんなに無力なはずはないと。それに、おまえさまの前向きな様子を見ていれば、これは何かあるなと思いますよ」

多恵は笑みを浮かべた。

剣一郎の企みを告げたとき、いつも剣一郎の味方であった宇野清左衛門でさえ、はじめは難色を示した。

ある意味、御法を曲げることになる。老中をはじめ、将軍から奉行所全体を騙すことになり、さらに企みには牢屋奉行石出帯刀の協力が不可欠であり、片棒を担がせることになる。

それでも剣一郎は突き進んだ。無辜の者を処刑することは最大の罪だという剣一郎の激しい訴えに清左衛門は折れたが、長谷川四郎兵衛とお奉行は反対した。

確かに冤罪は避けなければならぬが、相手はたかが職人だ。これがもっと地位の高い者や世の中に重要な存在の者であれば考えられなくはないが、一介の職人のために大仰(おおぎょう)なことは出来ないと反対した。

しかし、剣一郎は反論した。ひとの命の重さは身分、富の多さなどに関係なく、皆等しい。町奉行所はそういう庶民を守ることにこそ本分があるはず。

剣一郎の身を賭(と)しての訴えに、清左衛門もお奉行への説得にまわった。そして、いったん聞き入れてくれるや、お奉行は牢屋奉行の石出帯刀に頼んでくれたのだ。

諸大名や旗本たちは、家来が町で事件に巻きこまれたときなどに備え、常日頃から奉行所内の与力や同心と誼(よしみ)を通じている。だから、奉行所内でも厳重に秘さねばならず、さらには家族にも、そして肝心のおくみに対しても口をつぐんでいなければならなかった。

再度、ふたりの様子を見に行った多恵が戻ってきた。

「おくみさんがおまえさまにお礼とお詫(わ)びがしたいと。それはいいと言ったのですが、どうしてもと」

「そうか。では、連れてくるように」

剣一郎は応じた。

やがて、多恵が与吉とおくみを連れて戻ってきた。

ふたりは剣一郎の前に畏まった。

「青柳さま。ありがとうございました」

おくみは礼を言ったあと、

「青柳さまのお心を知らず、無礼なことを申しました。どうかお許しください」

「謝らなければならないのはわしのほうだ。はじめからそなたにほんとうのことを告げておけば、そなたはあれほど苦しまずに済んだのだ」

「いえ、私が聞いていたら、与吉さんが生きていることはすぐに周囲に知れ渡ってしまったでしょう。苦しかったけど、多恵さまに寄り添っていただいたおかげで乗り越えることが出来ました」

「うむ。おくみ、よく頑張ったな」

剣一郎がおくみを讃えたあと、与吉がふいに口を開いた。

「青柳さま。勘蔵さんが妙なことを話していたのを思いだしました」

「何か」

剣一郎は顔を向けた。

「『伊勢屋』の内儀さんが旗本の辻村さまのお屋敷に出かけるのを知って、病気の旦那を放ってどうして内儀さんは辻村の殿さまのところに頻繁に行くのかときいたことがあります。そしたら勘蔵さんが、内儀さんは旦那に惚れているからと」

「『伊勢屋』の夫婦仲は良かったということか？」

剣一郎はきき返した。

「はい。病気の旦那が内儀さんを辻村の殿さまのところに行かせているだけで、内儀さんが不義を働くわけはないと」

主人の病も回復しつつあることを考え合わせると、『伊勢屋』には勘蔵に強請られる理由はない。そうなってくると、やはり勘蔵は、辻村家から金を巻き上げていたのだ。

「そうか、よく思いだしてくれた。今日から、長屋に帰ってよい。いずれ、正式に無罪の裁きが下ることになる」

「青柳さま、何から何までありがとうございました。太助さんにも世話になりました」

「与吉、よく頑張った。そなたの働きもあってのことだ」

剣一郎は幽霊となって三人のところに現われた与吉の活躍を讃えた。

「いえ。太助さんに言われたとおりにやっただけです」

「おくみ、与吉と仕合わせにな」

「はい。ありがとうございました」

おくみは剣一郎と多恵に深々と頭を下げた。


夜になって、作田新兵衛がやってきた。

「ごくろう」

辻村家の探索を依頼したばかりだ。

「小間物屋に化けて屋敷に入ってみました。女中たちに世間話のついでに殿さまの病気についてきいてみました。すると、妙なことを言うのです」

「妙なこと？」

「女中の話では、病気で倒れた辻村十郎佐さまの寝間には奥方以外、誰も近づけなかったそうです」

「近づけない？」

「はい、それに見舞いも断っていたとか。どうしてもという見舞い客には遠くから会わせていたようです」

「伊勢屋と同じだ」

剣一郎は呟いた。

「それから数日前に辻村十郎佐さまは養生のために別のところに移ったということです。その行き先は誰も知らないとのことです」

「何かあるな。伊勢屋と辻村十郎佐さまが同じ時期に病に臥すというのは不自然だ」

ふたりが病に倒れたという三月ほど前に何かがあったのだ。

「跡を継ぐ五郎太さまの評判はどうだ？」

「女中の話では、奥方と親密なようです」

「親密？」

「どの程度かわかりませんが、よく今の殿さまは奥に通っているようだとこっそり言ってました」

「病に臥しているとはいえ、先代がいるのにか」

剣一郎は『伊勢屋』の状況と比べてみた。そして、やはり、行き着く考えはひとつだった。

剣一郎は自分の考えを新兵衛に伝え、

「辻村十郎佐さまの養生先を聞き出してくれ。それによって、わしの考えが合っているかどうかわかる」

「わかりました」

そこに、京之進がやってきた。

京之進は新兵衛に会釈をし、剣一郎の前に腰を下ろした。

「番頭孝太郎、大工銀助、それにお駒の訴えから、『万物屋』の勘蔵を殺し、与吉に罪をなすりつけようとしたのは御目付の辻村十郎佐さまの家来山野藤太と生島三十郎だとはっきりしました。あとは御徒目付と打ち合わせをし、山野たちを捕縛するだけです」

京之進は報告したあと、新兵衛に向かい、

「孝太郎とお駒は行脚僧に死相が出ていると言われたときは息がつまりそうになったと言ってました。作田さまの行脚僧の効き目は大きかったようです」

と、話した。

「青柳さまに頼まれてしたまで。しかし、お駒も番頭もかなりの恐怖に襲われたようで、さすがに私も少し気の毒になってしまった」

新兵衛は真顔で応えた。

「孝太郎たちに与吉は生きていて、幽霊は本物の与吉だと伝えたところ、目を丸くしていました、でも、皆与吉が生きていたことを知って喜んでいました」

「あの者たちはひとを死なせずに済んだのだ。罪も大きく違う。青柳さまに感謝すべきだ」

新兵衛がはっきり口にした。

「山野ら三人の件だが」

剣一郎は難しい顔をした。

「何か」

京之進が不安そうな顔になった。

「この三人は以前からの家来か。それとも最近家来となったのか」

剣一郎は確かめる。

「旧来からの家来のようです」

「そうか。だとしたら、この三人が真実を語るかどうかわからない。御家を守るため罪を一身に引き受けるつもりかもしれぬ」

剣一郎は不安を口にした。

「黒幕は、跡目を継ぐ辻村五郎太だ。だが、この三人が御家を慮(おもんぱか)って勘蔵を殺したということになりかねない。この三人を今捕まえていいかどうか」

「三人はそれほどの忠義者でしょうか」

「いずれこの三人は死罪か遠島だ。だとしたら、御家を守ろうとするかもしれない」

「…………」

京之進はため息をついて押し黙った。

「先手を打って自訴に及ぶかもしれぬ。その前に手を打たねば」

剣一郎は思わず握り拳に力を込めた。

五

翌日、剣一郎は『伊勢屋』の客間で、主人の友右衛門、内儀のおふじと向かい合った。

友右衛門は細面の渋い顔だちだ。病の痕跡はない。おふじは横で凜としている。だが、表情に翳りがあるのは勘蔵殺しで新たな動きがあったことを耳にしたからだろう。

「辻村十郎佐さまとはかなり親しい間柄だったそうだが」

剣一郎はおもむろに切り出した。

「はい。辻村さまにお金をお貸ししたことがあり、その縁から親交を結ぶようになりました」

友右衛門が答える。

「年齢もほぼ同じだとか」

「はい。三十八歳です」

「顔だちは？」

「顔だち？」

友右衛門は訝しげにきいた。

「似たような顔だちだったので、親しみも湧いたのであろうと想像したまでだ」

「確かに似ていたかもしれません」

「体つきもそうであろうな」

「……はい」

友右衛門の返答まで僅かに間があった。

「ときたま、辻村十郎佐さまはここにお忍びで顔を出していたそうだが」

「はい」

「ここに来た最後はいつだ?」

「三月ほど前、六月半ば頃だったかと思います」

「それからは来ていないのだな」

「はい。じつはそのあと辻村さまはお倒れになりまして」

友右衛門は俯いて言う。

「病名は?」

「中風でございます」

「同じ頃、そなたも倒れた。そうだな」

「はい、誠に奇妙なことで」

「確かに奇妙だ。で、そなたが倒れたのはいつだ?」

「六月末頃ではないかと」

「そうかな」

剣一郎は疑いをはさむ。

「辻村十郎佐さまが倒れられてから幾日も経っていなかったのではないか」

「近い日にちだったかもしれません。どうしてそのように思われるのでしょうか」

「道具屋の勘蔵殺しは辻村家の家来である山野藤太ら三人の仕業であることが明らかになった」

　剣一郎は話を変えた。

「おそらく、山野藤太ら三人は主人である辻村十郎佐さまを守ろうとし、自分たちの一存で勘蔵殺しを企んだと白状するであろう。だが、その山野らに、番頭の孝太郎も手を貸しているのだ」

「………」

「このままでは、『伊勢屋』も道連れだ。よいのか」

「孝太郎が山野さまたちとどのような付き合いをしてきたのか、私どもは関知しておりません」

「伊勢屋」

　剣一郎は厳しい声をあげた。

「そこまでしらを切る気なら、わしが言おう」

　剣一郎は友右衛門とおふじの顔を交互に見て、

「六月半ば頃、辻村十郎佐さまは目付という立場にもかかわらず、不名誉な死を遂げたのではないか？　例えば、不義の情事の直後、命を落とされた、とか。どうだ？」

「………」

友右衛門は落ち着きをなくしていた。

「辻村十郎佐さまはお亡くなりになった。そして、その夜のうちに亡骸はひそかに屋敷に運ばれた。知らせを聞いて弟の五郎太さまもかけつけた。そこからある企みが生まれたのだ」

友右衛門は苦しそうに顔を歪めた。

「弟御は小身の旗本の家に養子に出ていたそうではないか。養子先で肩身の狭い思いをしていた弟御は兄の跡を継ごうとした。だが、兄の遺志をもとに手続きを進めたり自分の養子先との縁切りなどをするには日数を要する。何より不名誉な死の真相も秘さねばならぬ。だから、兄には生きていてもらわなくてはならなかった。そこで白羽の矢が立ったのがそなただ」

友右衛門は息苦しそうに喉に手をやった。

「そなたも病に倒れたとして床に就いた。だが、実際は辻村家で十郎佐さまの身代わりを務めていたのだ。ときおり内儀が辻村家に行ったのは、亭主に会うためだ。どうだ、違うか」

剣一郎はおふじを睨みつけた。

おふじは何か言おうとしたが、諦めたように口を閉じた。

「弟の五郎太さまがどのような口実を作り、養子先と縁を切ったかはわからぬ。だが、弟御は思惑通り、二千石の辻村家の跡を継いだのだ」

剣一郎は間を置き、

「このままならなんの問題もなかった。今は死んでいない兄が屋敷にいることになっている。いつか適当な時期に、死を公表して墓地に埋葬すればすべて片がつく。ところが、とんでもない邪魔者が入った。道具屋の勘蔵だ」

剣一郎は一呼吸置き、

「辻村十郎佐さまが亡くなられた夜、勘蔵は『伊勢屋』にいたのではないか。そして、辻村さまの死の真相を知った……」

「恐れ入ります」

友右衛門はゆっくり吐き出すように、

「勘蔵はあの日の夕方頃、不要になった家財道具を引き取りに来ました。ところが、その家具の中にお守りが入っていたというので、夜になって返しにきたのです。そのとき、私とおふじが五郎太さまと、十郎佐さまの替え玉になる相談をしているのを聞かれてしまったようなのです。それで、勘蔵は私らを強請ってきたのです。一度だけの約束で五十両渡しました。ところが二月後にさらに五十両を要求してきました。このことを、五郎太さまにお話ししました。それから、山野さまと生島さまがたびたび『伊勢屋』に顔を出すようになりました」

「勘蔵を殺害する手立てを考えていたのだな。そなたはその企みを知っていたのか」

「うすうす気づいていました。でも、私どもはその企みには関わっておりません、ただ、我らの手伝いをしてくれる奉公人が欲しいと言われ、孝太郎の名を出しました。孝太郎は店の金を使い込んだことがあります。だから、きっといやとは言わないと」

「なぜ、弟御の企みに乗っかったのだ?」

「私らの立場も危うくなるかもしれませんでしたし、恩を売っておけば、『伊勢屋』にとって得かと」

「愚かだ」

剣一郎は叱りつけた。

「今回の件、そのほうたちも共犯だ。なんらかのお咎め(とが)は覚悟せよ。しかし、おかみにもご慈悲(じひ)がある。この後の振る舞いが大事だ」

「はい」

「おそらく、山野藤太らは自分たちの考えで勘蔵殺しを企んだといい、その理由も別のことを言い張るに違いない。だが、そなたたちは真実を語るのだ」

「わかりました」

「辻村さまの亡骸はどこにある？」

「お屋敷の庭に埋めてあるようです」

「そうか。わかった。改めて、同心が事情を訊きに来る」

「わかりました」

剣一郎は立ち上がり、『伊勢屋』をあとにした。


奉行所に出て、剣一郎は宇野清左衛門に会った。

「宇野さま。おおよそのことがわかりました。すべて、辻村十郎佐さまが目付という役目にありながら不名誉な死を遂げたことからはじまったのです」

そう言い、事件の経緯を語った。

清左衛門は熱心に聞いていたが、だんだん不快そうに顔が歪んできた。聞き終

えるや、吐き捨てるように、

「そんなことのために、何の罪もない与吉が犠牲になったのか。もし、おくみという娘が青柳どのに訴え出なかったらどうなっていたか。いかに、橋尾左門といえども吟味の場で真相を暴くことは無理だ」

「三人の証人がふつうの市井（しせい）の人々だったことが、その訴えに真実味を与えてしまったのです」

「そうだ。罠にかけた山野藤太らがいかに悪知恵に長（た）けていたか。だが、青柳どのの才覚はその上を行っていた」

「いえ、私の無謀な思いつきを支援してくださった宇野さまの胆力（たんりょく）のおかげです。うまくいく手応えはほとんどなかったでしょうに」

「いや、お奉行も牢屋奉行の石出帯刀さまも、青柳どのの魂（たましい）の訴えゆえに心を動かしてくれたのだ。ともかく、無辜の者を処刑するような不幸を免（まぬか）れてよかった」

「では、京之進にあとを任せます。京之進が御徒目付と組んで事件を解決させる。それが、罠にはめられたとはいえ、無実の与吉を捕まえた京之進の信頼回復につながりましょう」

京之進に最後の手柄を譲るために、剣一郎はこれで手を引くと清左衛門に告げたのだ。

「青柳どの、ごくろうだった」

清左衛門が深々と頭を下げた。

それから、剣一郎は京之進に会い、伊勢屋がすべて認めたことを話した。

「わかりました。伊勢屋友右衛門を大番屋に呼んで取調べます」

「うむ。あとは頼んだ。わしはこれで降りる」

「青柳さま。私がいたらぬばかりに御迷惑をおかけして申し訳ありませんでした」

京之進は平伏した。

「いや、あれだけの証が揃っていれば、誰だって与吉を下手人と断じただろう。だが、こういうこともあるのだと肝に銘じ、これからの役に励むように」

「はっ」

京之進は平身低頭した。

翌日、京之進と御徒目付が辻村家を訪れたところ、辻村五郎太はすでに観念していて素直に調べに応じたということだった。

庭の隅から辻村十郎佐の白骨化した亡骸が見つかった。山野藤太らも素直に縛に就いたということだった。得物の包丁を与吉の長屋に隠したのも、やはり山野だったという。

辻村十郎佐は目付という御役目を担い、大身の旗本という身分でありながら、場末の岡場所に通っていたらしい。そこで心ノ臓が悲鳴を上げ、命を落としたのだという。

同じ日、お駒と尾崎牧太郎、銀助、孝太郎が偽証の罪により、もっとも軽い「呵責」の刑を宣告された。二度同じような過ちを犯せば、今度は重罪になるときつく叱られて解き放ちになったのだ。

その夜、解き放ちになった牧太郎は、八丁堀の剣一郎の屋敷にやってきた。それを受けて、剣一郎は大庭伊予守の奥方に使いを出した。

黄葉した銀杏の葉が晩秋の陽光に輝いている。風はひんやりとして冬の訪れが近いことが察せられた。

剣一郎は谷中の善照寺の山門をくぐった。

本堂の脇の道を上り、庵のような離れに行く。すでに、大庭伊予守の奥方が来ていた。

「奥方さま。お呼びたてして申し訳ございませんでした」

剣一郎は詫びた。

「なんの。で、牧太郎が何か」

奥方の気品ある顔に翳が射している。

「まず、これを」

剣一郎は懐(ふところ)から懐紙(かいし)に包んだ簪(かんざし)を取り出し、奥方に渡した。

「これは、形見(かたみ)の簪」

奥方は目を瞠(みは)り、

「どうしてこれを?」

「牧太郎どのからお返しするように頼まれました」

「牧太郎が?　まさか」

「牧太郎どのはある事件に巻きこまれまして、牢屋敷に入っておりました」

「牢屋敷ですって。やはり、どなたかに御迷惑をおかけしたのですね」

「たいしたことではありません。牧太郎どのは生まれ変わり、お駒という女子といっしょに生きていくということです。決して、実家にも迷惑をかけることはしないと伝えてくれと言づかってまいりました」

「牧太郎が、そう申したのですか」

「はい」

「それがほんとうであれば、こんな喜ばしいことはありませんが……」

「牧太郎どのの言葉に嘘はありません」

「そうですか」

奥方は口元を綻ばせ、

「青柳どの。なんとお礼を申してよいやら」

と、頭を下げた。

「それでは、私はこれで」

剣一郎が腰を上げようとすると、

「もう行かれるのですか」

と、落胆したように言う。

「何か」

「青柳どののご活躍は耳に入っております。その話をお聞きしたいと思ったのです」

「その話？」

「幽霊を作って事件を解決させた話です」

与吉のことが耳に入ったらしい。

「噂話は尾ひれがつくもの。実際の話を聞くと、興ざめするものでございます。害がない噂話については、いちいち私は否定しないようにしています」

「そうですか。なんだかうまく逃げられたような」

「申し訳ございません」

「いいえ、口には出来ぬことはあるでしょう。気にすることはありません」

「恐れいります」

剣一郎は改めて挨拶をして立ち上がった。

山門を出ると、すぐ太助が横に並んだ。

「来ていたのか」

「はい、多恵さまから谷中に行ったとお伺い（うかが）して」

今朝は早く屋敷を出たから、太助と入れ違いになったようだ。

「これから与吉さんとおくみさんのところに行くのでしょう」

「わかるか」

「わかりますとも。いえ、多恵さまがそう仰っていました」

「相変わらず鋭い勘だ」

剣一郎は苦笑した。与吉の死罪が芝居だと、多恵はいつから気づいていたのか。

不忍池の東岸を通り、下谷広小路から御成道を経て筋違御門を抜けて浜町堀までやってきた。

高砂町に入ると、前方を与吉が歩いていた。

「与吉さんだ。お帰りのようですね」

「仕上がった品物を届けてきたのかもしれないな」

「声をかけますかえ」

「いや」

与吉が長屋木戸を入って行く。すると、家の前におくみが迎えに出ていた。おくみは笑みを湛(たた)えて与吉を迎えた。

ふたりは家に入って行った。

「いっしょに暮らしているようだ」

白菊の声

一〇〇字書評

切・り・取・り・線

購買動機（新聞、雑誌名を記入するか、あるいは○をつけてください）	
□（　　　　　　　　　　　　）の広告を見て	
□（　　　　　　　　　　　　）の書評を見て	
□ 知人のすすめで	□ タイトルに惹かれて
□ カバーが良かったから	□ 内容が面白そうだから
□ 好きな作家だから	□ 好きな分野の本だから

・最近、最も感銘を受けた作品名をお書き下さい

・あなたのお好きな作家名をお書き下さい

・その他、ご要望がありましたらお書き下さい

住所	〒				
氏名		職業		年齢	
Eメール	※携帯には配信できません		新刊情報等のメール配信を 希望する・しない		

この本の感想を、編集部までお寄せいただけたらありがたく存じます。今後の企画の参考にさせていただきます。Eメールでも結構です。

いただいた「一〇〇字書評」は、新聞・雑誌等に紹介させていただくことがあります。その場合はお礼として特製図書カードを差し上げます。

前ページの原稿用紙に書評をお書きの上、切り取り、左記までお送り下さい。宛先の住所は不要です。

なお、ご記入いただいたお名前、ご住所等は、書評紹介の事前了解、謝礼のお届けのためだけに利用し、そのほかの目的のために利用することはありません。

〒一〇一－八七〇一
祥伝社文庫編集長　坂口芳和
電話　〇三（三二六五）二〇八〇

祥伝社ホームページの「ブックレビュー」からも、書き込めます。
www.shodensha.co.jp/bookreview

祥伝社文庫

白菊の声(しらぎくのこえ)　風烈廻り与力・青柳剣一郎(ふうれつまわりよりき・あおやぎけんいちろう)

令和 2 年11月10日　初版第 1 刷発行

著　者　小杉健治(こすぎけんじ)
発行者　辻　浩明
発行所　祥伝社(しょうでんしゃ)
東京都千代田区神田神保町 3-3
〒 101-8701
電話　03（3265）2081（販売部）
電話　03（3265）2080（編集部）
電話　03（3265）3622（業務部）
www.shodensha.co.jp

印刷所　堀内印刷
製本所　積信堂
カバーフォーマットデザイン　中原達治

Printed in Japan ©2020, Kenji Kosugi　ISBN978-4-396-34679-9 C0193